意林®

公元787年，唐封疆大吏马总集诸子精华，编著成《意林》一书6卷，流传至今
意林：始于公元787年，距今1200余年

意林®轻文库

青春最美，梦想出发

中国式好看轻小说优鲜品牌

意林轻文库 | 萌宠系 守护系列 004

夏半秋 著

夏风微微起，好想熊抱你 ①

吉林摄影出版社

· 长春 ·

图书在版编目（CIP）数据

夏风微微起，好想熊抱你. ① / 夏半秋著. -- 长春:
吉林摄影出版社, 2019.1
（意林·轻文库. 萌宠系守护系列）
ISBN 978-7-5498-3944-5

Ⅰ. ①夏… Ⅱ. ①夏… Ⅲ. ①长篇小说—中国—当代
Ⅳ. ①I247.5

中国版本图书馆CIP数据核字(2018)第290394号

夏风微微起，好想熊抱你①

XIAFENG WEIWEI QI，HAO XIANG XIONGBAO NI①

著　　者	夏半秋
出 版 人	孙洪军
总 策 划	安　雅　张　星
责任编辑	吴　晶
图书统筹	筱　唯
特约编辑	朱　会
绘　　图	清　茗
书籍装帧	胡静梅
图书设计	王周益
开　　本	880mm × 1230mm　1/32
字　　数	300千字
印　　张	7.5
版　　次	2019年1月第1版
印　　次	2019年1月第1次印刷

出　　版	吉林摄影出版社
发　　行	吉林摄影出版社
地　　址	长春市泰来街1825号 邮编：130062
电　　话	总编办：0431-86012616 发行科：0431-86012602
网　　址	www.jlsycbs.net
经　　销	全国各地新华书店
印　　刷	天津中印联印务有限公司

书　　号　ISBN 978-7-5498-3944-5　　**定价：**29.90元

目录 Contents

第一章 你的眼睛，我的光明

十一月的海面雾蒙蒙一片，隐约间，能看到不远处影影绰绰的船只。暖黄色的日光清清冷冷地洒在海面上，碎成一片一片，被不断起伏的海水淹没。

“对不起，让一下，请让一下。”楚艾钰费力地穿过拥挤的人群，在船尾挑了一个僻静的好位置，好像这样才能远离那些聒噪的声音。

可是，刚刚坐定，两个打扮华丽的富家太太便朝着她的方向走来。

“韩家的孩子就是与众不同，要是贝贝能这么优秀，我就烧香拜佛了。”

“韩先生可是我们繁都最厉害的人物，咱怎么能比得上？你就知足吧。听说韩先生还要将他送到维也纳进修音乐……”

谈话声由远及近，楚艾钰刚想离开，却与她们迎面撞了个正着。

富家太太们明显愣了一下，继而用疑惑的目光打量起楚艾钰。二人交头耳语了一会儿，许是觉得浪费时间猜测一个无关紧要的人没意思，随即收回打量的目光转身离开。

楚艾钰垂下头，扯了扯身上皱巴巴的深蓝色校服。

校服有些褪色，袖口处因为搓洗用力，还有些许发白的迹象。她知道自己这样的打扮和今晚的场合格格不入，可是那些设计精巧，又能够凸显身材的晚礼服和胖胖的她总是绝缘的。所以，尽管妈妈一再强调今晚的游艇晚宴要盛装出席，她还是执拗地穿上了宽大的校服。

这样，才不像个哗众取宠的小丑吧。

楚艾钰叹了一口气，抬头看向三楼的贵宾舱，眼神里无不艳羡。那个被誉为“天才”的少年此时正站在自己无法企及的高度，被众人的目光高高捧起。

那众人之一，也包括她的妈妈曾珈。

“不愧是繁都最大的韩氏集团，连晚宴都这么有排场……一会儿我去三楼见韩夫人，你别给我丢脸，老老实实地待在这儿。”这是妈妈挤入人群之前跟她说的最后一句话。

楚艾钰对此嗤之以鼻。但无论多么不屑，在耳濡目染下，她根本无法忽略如神话般存在的韩氏集团。

短短五年时间，韩氏集团以建筑为起点如雨后春笋般崛起，缔造了一流的建筑帝国。这两年更是将产业延伸到多个行业。

更难得的是，韩氏集团的董事长韩栋在推动集团发展的同时不遗余力地参加社会慈善活动，被外界尊称为“韩先生”。

这次的游艇晚宴，就是韩栋为了庆祝他的儿子韩影获得洛美拂金音乐奖举办的。不过，让楚艾钰感到诧异的是，跟她们没有任何关系的韩太太，竟然邀请了妈妈。按照妈妈的说法，还是被“盛情邀请”。要知道韩家和她们家可是云泥之别。

楚艾钰一家是地地道道的繁都人，爸爸楚傅伟学了点儿装潢设计，在一家建筑公司工作。曾珈则闲散在家，操持家务。一家三口的日子虽然清贫，但也算吃喝不愁。只不过曾珈一直想过富太太的生活，经常埋怨楚傅伟没本事，只能给别人打工。尽管楚傅伟百般退让，两人还是不可避免地发生争吵。每次争吵之后，曾珈就哭着闹着要离婚，甚至离家出走。

这些如同八点档准时开播的剧情，熟稔的场景，楚艾钰早已看得麻木。

船体猛然一震，思绪扯回，楚艾钰整个身子不可控制地晃了一下。她堪堪站稳脚跟，发现四周的人早已乱成一团。

“快去看看……”

“好像是船舱那里！”

楚艾钰茫然地站在原地，丝毫不知道出了什么事。

很快，有人喊起来："不好了，游艇触礁了——"

这句话如同深水炸弹一般，点燃了所有人的恐慌。片刻之间，人群骤然分散，如同被惊起的白鹭，奔逃溃散。

"救命啊！大家快跑，游艇马上就要沉了！"

"快跑！快跑啊！"

……

耳边歇斯底里的呼救声，在暗夜中格外清晰。

楚艾钰这才反应过来，逆着人流焦急地穿梭在人群中，扯着嗓子呼喊道："妈——我是小钰，你在哪儿？"

眼前人头攒动，四面八方全是狼狈逃窜的人。方才还身姿优雅的富太太们狼狈地互相推搡着。西装革履的男士也没了风度，看到救生衣就发了疯地上前抢夺，将女人推倒在地。

求生的欲望让人失了理智，丑态毕露，根本没人理会少女转瞬即逝的呼喊声。

"让老人和孩子先上救生艇！"

"大家不要挤，不要挤，慢慢来！"

船员们强装镇定，一边抛掷货物以维持游艇的平衡，一边安抚大家不要过于慌张。

水不断涌进船舱，船体倾斜得厉害，摇晃得也越发剧烈。

渐渐地，哭泣声也多了起来。

楚艾钰看着船员刚刚塞到她手里的救生衣，后知后觉的恐惧蔓延全身。她正想拿着救生衣往三楼走，一个陌生男人直直冲着她跑过来，还没等她反应过来，男人已经夺走她手里的救生衣，迅速消失在人群之中。

整个过程只有几秒，她根本来不及看清男人的长相。

手足无措之际，突然有人撞到她的肩膀，一个趔趄，楚艾钰重重地摔在甲板上，大脑空白了几秒后，有一股凉凉的液体带着腥味漫延。

她挣扎着抓住一侧的桅杆，瞬息之间，冰冷刺骨的海水漫过游艇的尾部，整艘游艇正以四十五度倾斜的态势不断下沉。

十一月的海水带着入冬的冰冷，拍打在身上化作钻心的恶寒，传递至四肢百骸。

在这不到五分钟的时间里，她的下半身已经麻木，发紫的唇瓣哆嗦着说不出一句完整的话。楚艾钰咬着牙趴在甲板上，双手僵硬地抠着桅杆，甚至连动也不敢动，因为每一次挣扎只能换来更加快速的坠落。

失了血色的面容重重叠叠在眼前交错，人群中，一个戴着鸭舌帽的微胖男子从船舱的方向缓步走出。黑色的风衣、长裤，着装上极为简单肃穆，与在场名媛贵族的雍容华贵格格不入。墨镜和鸭舌帽遮挡住他近乎三分之二的面容，反倒让那紧抿的橘色唇形格外诡谲夺目。

楚艾钰心里顿时燃起希望，拼尽全力抬起一只手，朝男子的方向努力挥动："救……救我！"

旋即，男子注意到了楚艾钰，朝她踱步而来。不过，就在快走到她身边时，却突然转身换了方向迅速没入人群。

即使男子戴着墨镜，楚艾钰还是能察觉到他审度的目光，还有唇角隐隐约约的……笑意？

寡淡的，有几分得逞的笑意。

楚艾钰心里猛地一颤，感觉身体里的热量在急速流失。恍惚间，她看见夜空中亿万星辰在飞速坠落，红的、蓝的、绿的……光怪陆离。

也不知是梦还是现实。

"救命……救救我……"黑暗中，仿佛有一根绳子紧紧地缠绕着脖颈，一张嘴，海水迅速漫入喉咙，满满的海腥味渗入身体，掠夺着她残余的体温。

"妈！救我！"随着一声呐喊，楚艾钰猛然睁开双眼。

趴在病床旁休息的楚傅伟见女儿终于苏醒，一下子红了眼眶。他哑着嗓子说："小钰，你怎么样？哪里不舒服？你别怕，爸爸一直在这里陪着你。"

耳边熟悉的关切声让楚艾钰涣散的意识渐渐聚拢。她望了一眼周围，视线所及之处，白色的墙面、陌生的面孔、吊瓶里的浅黄色液体……

这里是……医院？

可是，她明明记得游艇发生触礁事故之后，自己直接沉入海底失去了意识。难道那是梦境？楚艾钰不放心地确认了一遍："爸？"

"爸在这儿呢，怎么了？"楚傅伟轻轻握住女儿被吊针扎得青肿的手，"是不是渴了？"

豪华的游艇、打扮精致的富家太太、拉着小提琴的少年，一幅幅画面转眼间被海浪拍散。

游艇在剧烈摇晃，人群四散逃离。这真实的一幕幕，还有后背钻心的阵痛，都在提醒着她，那不是梦。

"爸，我妈呢？"楚艾钰试图坐起来，但她刚刚苏醒浑身无力，猝不及防地摔了回去；脑袋也沉甸甸的，一晃就疼得厉害，甚至连视线也越发模糊。

楚傅伟顿了一下，随即转过身避开女儿的视线："你没事就好，你昏睡的这三天可把爸爸急坏了。"

她已经昏睡三天了吗？那妈妈呢？

见爸爸没有回答自己的问题，楚艾钰又问了一遍："那妈呢？怎么没看到她？她怎么样？"

楚傅伟拧着眉欲言又止，见女儿如此紧张，只好安抚道："你妈她没事，你先好好休息，养好病。"

爸爸的迟疑让楚艾钰的心里隐隐不安。她挣扎着从床上坐起来，急切地追问："妈没事？那她怎么不来看我？爸，你不要骗我，妈到底怎么了？"

"没有，没有……"楚傅伟眼神躲闪，自知无法瞒下去，"你妈她没出事，只是……离家出走了。"

离家出走？

虽然以往妈妈经常会上演离家出走的戏码，可是每次都是离开半天就回家，最长也不会超过三天。即使平日里妈妈总是挑三拣四地数落她，但楚艾钰很确信，妈妈是爱她的。

她怎么会在自己住院的节骨眼上闹脾气离家出走？

"妈怎么会离家出走呢？你们又吵架了？"阵阵酸痛袭来，楚艾钰咬着牙焦急地说，"妈就是要面子，你哄哄她就好了……"

似有氤氲雾气在瞳孔处扩散，朦朦胧胧的，周围的一切也模糊起来。她闭上眼睛晃了晃脑袋，试着再次睁开……

"爸——"楚艾钰紧张到心脏剧烈收缩，她用力抓着床单，指甲嵌入手心，"天……为什么突然黑了？"

楚傅伟看了一眼窗外明媚的阳光，心下一沉。

“患者头部受到强烈撞击，再加上溺水造成的缺氧，会导致部分脑细胞受损。目前，患者脑部水肿呈现消退趋势，至于后期是否会有并发症，要等她清醒之后，做进一步的观察。”主治医生说的话还回旋在耳边。

楚傅伟在女儿眼前晃了晃双手，可她毫无反应。难道这就是医生说的并发症？

迟迟没有得到回应，楚艾钰心里越发焦急，那个呼之欲出的答案让她心乱如麻。

她紧握拳头，似乎能听到自己颤抖的呼吸声：“爸……没有天黑对不对？因为……我刚刚醒来，所以还需要一点儿时间恢复……”

楚傅伟犹豫了一下，还是选择顺着女儿的话圆谎：“对，医生说你要好好休息，等你休息好了，就都恢复了。会好的，一切都会好的。”

“患者的情况，可以断定为短暂性失明。这种失明主要与她焦虑的情绪有关，痊愈的可能性很大。但具体恢复得如何，也要看患者的配合程度。”

医生给出的建议是以药物治疗为主，等肿块消除后再做进一步的治疗。

刚开始，楚艾钰还是遵守医嘱配合治疗的。除了每天打针、吃药、做检查，她大部分的时间都窝在床上，一动不动地盯着天花板。

可是，浑浑噩噩过了几天，期望中的光明并没有到来。一切都没有改变，就像那个从不改变的噩梦一样。

她常常梦到那艘梦幻的白色游艇，还有那片蔚蓝色大海，醒来之后就陷入深深的惶惑不安中。

“爸，新闻上没有继续报道这次的游艇事故吗？有调查出什么原因吗？伤亡人员都确认了吗？”不知道为什么，她总觉得妈妈离家出走这件事没有那么简单。

“你一个小孩子，不要瞎想，就是游艇意外触礁，没有别的原因……”

楚艾钰不止一次追问过游艇触礁后的情况，但是每次都被爸爸用类似的话搪塞过去。爸爸对这件事只字不提，问得多了，只是说“一切都好，不用她操心”。

楚艾钰知道，爸爸是不想再次勾起她的伤心事。

可是她想不通，在这个随便一条花边新闻都能引起网络轰炸的时代，一艘豪华游艇的触礁事故，却没有引起任何媒体的关注？身边没有人议论，连新闻也是一笔带过。这么大的事故，却如同沉入深海的一颗小石子，悄无声息，连一丝波澜也不曾激起。

“34 床的孩子可真可怜，我刚刚听到主任说眼睛可能治不好了，小小年纪，就看不见，以后生活可怎么办？”

“是不是那个有点儿胖胖的小女孩？看着还蛮可爱的。”

“对啊，而且从住院到现在，她妈妈可是一次都没有出现过。我听人说是抛下她离家出走了，当妈的居然能这么狠心，孩子就算治不好了，也不能放弃啊……”

“唉，见怪不怪了。这年头，什么事都可能发生……”

楚艾钰屈着双膝蜷缩在床角，眼泪悄无声息地滑过脸颊。病房外就是护士站，距她不过五米，几个值班护士压着声音窃窃私语，可还是被她捕捉得清清楚楚。她躲进被子里，想要隔绝外界的声音。可自从失明之后，听觉似乎灵敏了很多，比起常人，她能听到更细微的声音。

妈妈真的抛下她了？

她真的再也看不见了吗？

不！

内心深处传来的声音不断回荡在脑海里，打乱她的每一根神经。她摸索着床沿，不顾地面的寒冷赤脚跳下。连日里积压的恐惧和悲伤，终于将她最后一丝坚强和希望压垮。

现在，她只想离开这里，逃离所有的声音。

下午五点钟，护士们忙着交接班。楚艾钰趁机溜出病房。她摸索着墙沿儿，利用灵敏的听觉顺利避开人群往出口走去。

她住的是一楼的普通病房，室外的嘈杂声不绝于耳，一开始她只觉得厌烦，可是现在这恼人的声音却能指引方向。不多时，她就找到了住院部的大门。

可是，尽管她百般小心避开物体，还是免不了磕磕绊绊，没走多远，膝盖已经撞了不下五次，疼得她直吸冷气。

楚艾钰痛得蹲在原地，全然没有感受到身后的视线。

跟在她身后的韩影默默地停下了脚步，有些心疼地望着不远处无助的少女。下午放学之后，他照例来医院探望妹妹。谁知，刚走进住院部就看到她战战兢兢地扶着墙往门外走。

似火星落入草原，他的眸子倏地亮了起来，随后又鬼使神差地跟了一路，却根本不敢搭讪。

毕竟，他是让少女发生意外的间接凶手。

游艇突发意外时，他恰好来到一楼的甲板上。那个男人放下一句“你在这里等我”便往桅杆处跑去。他亲眼见到男人从她手里夺下了救生衣。

十五六岁的少女，穿着洗得褪色的校服，体态圆润得倒有几分可爱。她紧锁秀眉，目光游弋，唇瓣咬得发白，很是无助。可偏偏让她无助，害她陷入绝境的人，是自己。即便他拒绝了男人抢来的救生衣，但她发生意外和自己脱不了干系。何况，那个男人是他无论怎么否认都割舍不断的至亲——他的父亲，韩栋。

这几日，每每想到那件橙色救生衣和女孩无助的眼神，韩影都觉得愧疚万分。当时，他是想去帮她的，却被保镖强行带到了救生艇上。

现在，他终于有了弥补的机会。

凛冽的寒冬，少女穿着宽大的病号服光着脚蹲在石子路上，孤独无依的模样，让韩影的心骤然痛了起来。他刚想走近，不远处传来值班护士的声音。

“小艾钰……小艾钰……”

楚艾钰闻声，立即往路边挪了挪，将半个身子隐藏在树丛的阴影中，却还是暴露了行踪。韩影没有犹豫，三两步走上前，不偏不倚地站在正前方，用身子阻断了护士的视线。

直到护士离开，韩影才转过身，蹲到她面前说道：“她们已经走了。”

楚艾钰听到了逼近的脚步声，本以为被护士发现了行踪，却没想到是一个陌生的声音。她刚想逃离，却嗅到空气中淡淡的清香，心情莫名放松下来。

韩影盯着她双眼处两指宽的纱布失了神，迟迟才想到要扶她起来：“我扶你起来吧。”

从清脆爽朗的声音里，楚艾钰可以推测对方的年龄并不大，但陌生人的触碰还是让她下意识地躲闪。

她抿紧唇角，语气寡淡且疏离：“不用了，我自己可以站起来。”

韩影讪讪地收回了手，视线落在楚艾钰满是伤痕的脚面上。本来白皙的双脚因为寒冷有些青紫，而那些狰狞的伤痕宛如扎在他心口的刺，细细密密蔓延开来。前一秒还稍稍缓和的负罪感，又在这一秒剧烈升腾。

如果不是他，这个女孩就不会变成这样。

回过神时，楚艾钰已经离开了。韩影看着她踉跄的背影，也不知道哪里来的勇气，三两步追上前，抓住她的手腕往回走。

触碰到手腕的那一刻，从她身上传递而来的寒气直抵心头，韩影不由得打了个寒战。

韩影的举动令楚艾钰猝不及防，等她反应过来时，已被他拉着走了好远。

“喂！你……”她刚想指责，话到嘴边又咽了下去。风从正面拂来，楚艾钰嗅到了他身上淡淡的清香，比那刺鼻的消毒水味道好太多了。她莫名地心安，任由韩影拉着她走过宽阔的操场。

医院边上是一所废弃的老卫校，韩栋花了大价钱买下这块地皮，打算建造商业楼盘大赚一笔。韩影记得那个男人神采奕奕地和自己构想这里高楼林立的场景，可他对这块土地能造出多少金子没有兴趣。他唯一的收获，就是在那里破败的操场司令台下，发现了被遗弃的储物间。

韩影配了把钥匙，把这个储物间改造成了自己练琴的秘密基地。

“这是哪儿？”楚艾钰跟着他走进来，好奇地问道。

“秘密基地！”韩影挑眉轻笑，看着鼻子被冻得通红的楚艾钰，笑出了声，“冷吧？坐下来暖和一会儿。”

韩影将她带到一旁的沙发上，楚艾钰还没反应过来便感觉脚后跟一暖。

“你——”她紧张地缩了缩脚。

韩影用纸巾擦拭着她满是伤痕的脚，又将自己的鞋子脱下，小心翼翼地给她穿上：“鞋子有点儿大，凑合一下吧。赤脚走路很危险，万一被碎玻璃伤到怎么办？天气又这么冷，寒从脚起知道吗？还好没有伤口，不然肯定感染了……”

一听到“寒从脚起”，楚艾钰顿时难过起来。

每年冬天，她都会因为打雪仗玩得浑身凉透，妈妈虽然喋喋不休地唠叨，却会打来洗脚水给她泡脚驱寒，提醒她“寒从脚起”，要她听话。现在一个毫不相干的人关心自己，妈妈却抛下了她……

韩影听到楚艾钰的抽泣声，窘迫地抓了抓头发，顿时有些手足无措：“我是不是说错话了？你……你别哭啊……”

他最怕看见女孩子哭了，从小到大，每次妹妹一哭，他就没辙。

入冬的风裹挟着湿气从窗户缝隙钻进来，冷得刺骨。听着韩影唇齿发颤，发出“嗞嗞”的声音，楚艾钰心里多了些许愧疚，也莫名钻进一丝暖意。

她扬起一个大大的笑容，故作轻松地说：“不关你的事啦，我只是想起了一些伤心的事情。”

见她情绪明显好转，韩影悬着的心也放松下来，安慰道：“不要想那些不愉快的事情，你现在是病人，要保持乐观才能早日康复……”

韩影还在絮絮叨叨地劝说着，熟络的语气特别像……和老朋友叙旧。

朋友？楚艾钰被脑海里冒出的词吓了一跳，她怔在原地，笑容渐渐垮了下来。她是很在意这个字眼的，可是“朋友”这个词于她而言却是个遥不可及的存在。

尽管在学校里她努力和同学搞好关系，却依旧没有交到一个真心朋友。那些愿意和她说话的人，也不过是想让她跑腿干活罢了。

虽然知道大家会在背地里嘲笑自己的体重和家境，她却没有勇气揭开这些。

有的时候，她甚至觉得他们讨厌自己也是应该的。毕竟除了成绩好一些之外，她似乎也没什么优点。

见楚艾钰愣怔出神，恐怕是对这些话题不感兴趣。韩影默默地转移了话题：“对了，你后天下午有空吗？我想给你看一样好东西。”

“什么好东西？”

“暂时保密，后天下午你就知道了。”

“后天下午？”楚艾钰愣了一下，随即点了点头，“我回去跟我爸说一声，不过，现在……还得拜托你送我回去。”

她尴尬地笑了笑，韩影这才意识到他们已经足足待了两个小时，连忙说着抱歉，然后将她送回了病房。幸好楚傅伟还没有下班，楚艾钰向值班护士解释，说本打算出去透透气结果迷了路，好在护士见楚艾钰安然无恙回来，也就没再多追问什么。

韩影离开的时候，楚艾钰才想起来还没告诉他自己的名字，连忙叫住他：“那个……差点儿忘记告诉你了，我叫楚艾钰，楚国的楚、艾蒿的艾、金字旁加一个玉的钰，珍宝的意思。”生怕对方会将自己的名字记混，她每个字说得明明白白。

“你呢？你叫什么名字？”楚艾钰轻轻地笑了笑。

韩影咬着下嘴唇，嗫嚅着：“我叫韩……应翰。”

他撒了谎，因为“韩影”是差点儿害死她的名字，他不敢说。

隔壁床姐姐出院的这天，安静许久的病房总算热闹了一次。临走前，她将手腕上的红绳手链留给了楚艾钰，拍了拍她的肩膀，潇洒地说：“小妹妹，希望这条手链给你带来好运气，祝你早日痊愈！”

楚艾钰默默地收下手链，心里却失落起来。因为她不知道自己什么时候才可以离开这里，什么时候才能痊愈。

从看不见日升日落的那一天起，她就学着尽量忽视时间的流逝。在黑暗中细数每一秒是一件漫长又可怕的事。可偏偏灵敏的听觉，让她对时间的流逝异常敏感。

和应翰约定的日子就在今天，楚艾钰呆呆地坐在病床上，虽然看不见，但还是期待地望向门外。

时间一点点流逝，肩膀也渐渐地垮了下去，她担心他不会来，和没有预兆，抛下自己的妈妈一样。如果他不来的话，如果他不来……楚艾钰的脑海里闪过无数种结果，直到最后，她真的觉得应翰不会来了。

病房门没有关严，走廊的冷风“呼呼”往里灌，楚艾钰叹了口气，刚想下床关门，就听到了熟悉的声音。

“对不起，我来晚了。”韩影坐到她旁边，搓了搓冻僵的双手。

今天下午临放学时，班主任突然布置临时任务，让他们大扫除。

韩影想起和楚艾钰的约定本就如坐针毡，班主任话音刚落，他就哀叹出声，被抓个正着。

班主任二话不说，直接把他拎到了办公室，让他写完检讨又把办公室收拾整洁后再离开。

韩影絮絮叨叨地将事情经过讲给她听，说到愤怒时猛地站了起来，把楚艾钰吓了一跳。

气氛突然尴尬起来，楚艾钰轻咳了一声，淡淡道："那个……你上次说要给我看一样东西，是什么啊？"

"啊……"韩影这才反应过来，揉了揉头发抱歉道，"我差点儿忘记了，等一下……"

话音刚落，下一秒，楚艾钰怀里就多了一个木质雕花的琴盒。她摸着上面细细的纹路，将琴盒打开，随后绽放出大大的笑容："这是……小提琴吗？"

"对！也是我最重要的朋友。"韩影的语气里难掩骄傲，眼神却有些悲伤，"从小到大，都是它一直陪着我。"

这把纯手工制作的红棕色小提琴，琴身笔直，是韩栋在他很小时托人从国外带回来送给他的生日礼物。

后来，韩栋逐渐忙了起来，陪伴他的时间也就越来越少，父子俩的嫌隙也越来越大。

他摸着已有几分陈旧的小提琴，无奈地笑了笑。

"你能演奏一曲给我听吗？"楚艾钰拉了拉他的衣袖，"趁现在没人。"

"好啊！"韩影回过神，答应道。

不多时，病房里便响起了悠然的琴声。从欢脱轻快的音调开始，随着韩影右手上的琴弓摆动拉伸，变换着不同的节奏。

楚艾钰干脆闭上双眼，静静地听着。

说起来，她还是第一次如此近距离地感受琴声。

变幻莫测的琴声萦绕耳际，在脑海里形成一帧一帧的电影画面。她仿佛看见自己站在白色甲板上，天空是蔚蓝的，偶尔飘过的云彩在海面投下阴影，一张张笑脸在眼前闪现。

突然，船体猛烈地摇晃起来，那些笑脸顷刻间被海浪淹没……

风平浪静后，一切回归沉寂，曲调开始变得绵长沉郁，琴声呜咽，在这冬日的沉沉雾霭里渐渐坠落。

如泣如诉的琴声拉扯着她每一根神经。不一会儿，眼前的白纱布便被泪水打湿。

韩影拉得极为投入，一曲终了才看见满脸泪痕的楚艾钰，她紧咬着嘴唇，脸色惨白如纸，和白纱布融为一体。

他吓了一跳，张了张唇瓣，终究还是没能说出什么安慰的话。

空气突然变得安静，他手足无措地站在原地，不知如何是好。似乎感受到他的情绪，楚艾钰平复了心情，故作轻松地说：“曲子真感人，是你创作的吗？叫什么啊？”

“嗯，是我创作的，不过还没有起名字。”他松了一口气，却更加内疚起来。

这些日子以来，每当他失眠时，就会谱曲。他将那些挥之不去的记忆，用琴谱记载下来，将所有无处安放的愧疚和恐惧，都置于其中。

与其说是他创作了这首曲子，不如说是这首曲子救赎了他。

楚艾钰怔了一下，眼前的人似乎有着不平常的遭遇，不然怎么会谱下如此凄惨的曲子！不过，她没有追问，毕竟他们连朋友都算不上。

“想学吗？我教你。”见她有些出神，韩影开口道。

“我……我不会的，我不懂乐理，而且脑子也很笨，再加上——”她看不见，怎么可能学得会？

楚艾钰连连摆手，韩影却直接将琴弓放到她的手里：“你对自己没信心，可还是要相信我啊。”

他将小提琴架在她的左肩，手把手地指挥道：“你先尝试着用琴弓拉出声，慢慢地找感觉……对，就是这样……”

转眼间，已经过了半个多月，再过几天就是圣诞节。

每年圣诞节时，明远高中都会组织晚会，不过楚艾钰一次都没有参加过。她不喜欢大家坐在一块儿热络地聊天打闹，自己却孤零零站在一旁的场景。

为了应景，值班护士给每个患者的床头挂上了圣诞袜，窗户上还贴着圣诞老人的窗花。

刚搬来的小男孩特别开心，扯着护士的衣袖要糖果吃。要到了糖果，还分给了楚艾钰一颗。

病房的角落里摆放着一棵挂满装饰物的圣诞树，地上还堆积着三四个大小不一、颜色各异的礼盒，楚艾钰听着病房里热闹的喧哗声，心里也暖了起来。

每年的圣诞节，她会特别渴望下雪，好像一下雪，圣诞老人就真的会驾着驯鹿出现，答应送给她一个朋友。

也许是她每年都在虔诚地祈祷，所以圣诞老人才记住送她礼物，在今年，把应翰带到她身边。

比起窗外熙熙攘攘的街道，楚艾钰更享受在秘密基地的时光。每天四点，应翰都会偷偷带着她来到秘密基地练习小提琴。日子久了，她渐渐在心里丈量出医院到基地的距离，足足有一千四百零二步！

曲子烂熟于心，让她情不自禁地哼唱，可是一经她那双笨拙的手拉奏，就会变得陌生。不过她不气馁，一遍一遍不厌其烦地练习，如同她不厌其烦地着问韩影能否一直来看望自己。

“会，当然会。”他每次都会这样回答。

今天，楚艾钰换了一个问题：“应翰，出院之后，我们还能是好朋友吗？”她攥着纸巾，紧张地问。

“我们是好朋友，永远不会变的。”

“可我明天就要出院了。”

“明天？”韩影觉得很突然，“医生说你可以出院了吗？”

楚艾钰摇摇头，答非所问：“我昨天听到爸爸和护士姐姐在谈医药费的问题，已经欠了好几天了。爸爸因为我要东奔西走地筹钱，我不想再让他这么辛苦。”

韩影想劝说楚艾钰好好留院观察，却被她打断：“我觉得我现在的状态很好，虽然看不见了，但是我可以照顾自己的。”

看着她故作坚强的笑脸，韩影想要说些什么，却又找不到合适的话，只是动了动唇瓣。和她告别之后，他直接坐电梯来到了二十一楼。

二十一楼的尽头是 VIP（贵宾）病房，也是妹妹韩萱然的第二个家。自三岁被查出白血病之后，韩萱然便经常来医院治疗、住院。

韩影一有空就会到这里陪她，逗她开心。

房门半掩着，男人背对着他站在窗前。韩影皱了皱眉，刚想离开，却被妹妹的声音牵住脚步。

“哥！你来了！”韩萱然捕捉到门外的动静。

韩影转过身，硬着头皮推开门：“今天觉得怎么样？”

“神清气爽，哇，感觉现在就可以出院了！”韩萱然伸了伸懒腰，神采奕奕。

见她气色不错，韩影心情也跟着好转许多，但碍于那个男人在，只是默默地坐到了妹妹的床边，不再说话。韩萱然察觉到他的不自在，下意识觉得可能与老爸有关。

“爸，哥来了，你是不是又背着我凶他啦？”她这个老爸哪里都好，就是对哥哥特别严厉，经常会因为一些小事吼哥哥，不过对她却很温柔。

听到女儿的话，韩栋转过身，不动声色地努了努鼻尖。自游艇事件之后，韩影和他的关系就降至冰点。此时见儿子连招呼都不打，心里骤然升起一团怒火。可一想到女儿还在这里，不好发作，又强压了下去。

“你怎么不问问你的好哥哥干了什么事？”韩栋强压着怒火，“他缺席了今天的比赛。”

韩萱然怔了一下，似乎没有想到哥哥会做出这种事情，一时也不知道该说什么。

韩影看了一眼妹妹，为了顾及她的心情，暂时选择低头：“我们出去说。”

末了，他又转过身尴尬地从书包里掏出一顶女士假发扔在床上，无奈道：“下次别再让我买这种东西了，会被人当作变态的！”韩萱然正皱着眉思索着如何缓解哥哥和老爸之间的关系，听到哥哥这么说，被逗得“咯咯”笑：“知道啦，知道啦，下次让阿姨帮我买。”说着，冲韩影俏皮地吐了吐舌头。

病房外，韩栋背对着他站着，韩影踌躇了一会儿，默默地走上前，却在快要走到父亲身边时停下了脚步，怎么也无法靠近。

这不长不短的距离，成了他们之间难以逾越的鸿沟。

其实，他从很小的时候就开始思考，和这个男人之间的距离是如何拉开的。是他逼迫自己练琴的时候，还是他从不关心自己的时候……这么多年，他似乎忘了“父亲”这个字眼和应尽的责任。

抑或是，这个称呼，早已锈迹斑斑了。

但即使这样，韩影也只是埋怨他不够爱自己。而游艇上的那一幕，却让他彻底地失望了。

走廊一侧靠着山，透过大大的落地窗可以看到远山的轮廓。暮色下的山阒然无声，黑沉沉的，像一重重厚重的城墙。

韩栋转过身皱着眉斟酌着语言：“我知道你恨我，我逼你做了很多你不愿意做的事情，可我也只是……”

“别拿我当借口，我不过是你炫耀的工具罢了。”韩影打断他的话，语气里尽是疏离。

韩栋的身影顿了一下，两个人之间的身高差距让他瞬间明白，这个个头早已超过自己的少年，再也不是当初那个苦着脸抓着他的裤脚求他不要上班的孩子了。

本想离开的韩影默默往后退了一步，沉默片刻，认真道：“你不是想让我去维也纳进修音乐吗？不如我们谈个交易？”

言语间终于有了妥协的味道。

“维也纳那边的入学手续已经办好了，你随时都可以过去。”只要韩影听自己的出国进修音乐，韩栋根本不想追究他为什么缺席了比赛。

“你先答应我的条件。”

“你说。”

韩影眼神坚决：“我要你帮她恢复光明。”

这是他唯一的条件，也是不容商榷的交易。

“护士姐姐，今天能办理出院手续吗？”护士正在换药，楚艾钰紧紧握住她的手恳求着，“你跟陆医生说一下，让我出院吧。”

护士一脸为难，轻轻地拍了拍她的手背，安抚道：“虽然你现在各项指标都正常，不过还是得留院观察几天，看看有没有其他的并发症。”

“可我觉得没必要再住院观察啊，回家观察也是可以的。”楚艾钰顿了顿，别过头语气强硬起来，“非要住院的话，那……医药费我交不起的。”

虽然爸爸没和她说过，但是楚艾钰经常能听到他压低声音向朋友打电话借钱。

为了不增加爸爸的负担，她这几天一直在求着护士办理出院，眼见出院无望，索性任性起来。

没想到护士一点儿也不在意，依旧心平气和地解释：“不要担心医药费了，你爸爸已经把下个阶段的治疗费用交齐了。”

交齐了？这怎么可能？难道爸爸借到钱了？

楚艾钰有些诧异，刚想开口询问，却听到了爸爸的声音。

“小钰，我正要和你说，医药费的事情已经解决了。”楚傅伟将水果放在床头，坐到她身边，“有好心人委托慈善机构给我们捐了一大笔钱，还承诺会持续资助，直到你康复出院。”

“真的吗？”楚艾钰不敢相信自己的耳朵，“对方是谁啊？”

“不太清楚，一直是慈善机构在沟通，对方似乎不愿意透露自己的姓名。”楚傅伟不以为意，因为他有更重要的事情告诉女儿。

“小钰……刚刚陆医生告诉我，你的眼睛可以痊愈了。明天……就可以拆纱布了。”楚傅伟激动得语无伦次，声音有些颤抖，握着女儿的手也越发用力。

“痊愈？”她能够恢复光明了？楚艾钰不敢置信地问。

“嗯！是真的！你能看见了！”楚傅伟摩挲着她的手，一遍遍地肯定。

楚艾钰呆呆地坐在病床上，任泪水肆意滑落。她多么渴望痊愈啊，可是在一次又一次的失望之后，她早就不敢再去奢望了。她以为自己早就不在意是否痊愈，但是在听到结果的这一刻，内心却是欢呼雀跃的。

这一整晚，楚艾钰兴奋得辗转难眠，她躺在病床上在脑海里勾勒着世界的形状，还有应翰的轮廓……

第二天早上，医生来到病房，为她拆纱布：“你现在试着慢慢睁开眼睛，对，慢点儿……”

楚艾钰一点儿也不敢马虎，慢慢地睁开眼。纱布一圈一圈剥离，有零零星星的光透进来。

“怎么样？怎么样了？”

楚傅伟接连问了两遍，一脸紧张，见女儿面无表情，更是焦灼不安起来。

“爸，今天天气很好啊，是不是晴天？”楚艾钰望着眼前被光打亮一半的墙面，缓缓说道。胸腔里积郁良久的气流滚着，从眼里冲了出来，单单是这一面单调的白墙，都能让她热泪盈眶。

“太好了，太好了！”楚傅伟握着医生的手不住感谢着，“谢谢你啊，陆医生，多亏了你。”

“这是我应该做的，患者虽然痊愈，但还是要观察两天啊！”医生又不放心地嘱咐了几句，才转身离开。

护士给楚艾钰找来一面镜子，她看着镜子中的自己，有些不敢相信。镜子里的她瘦了很多，圆润的脸竟然有了棱角，连不易觉察的锁骨都凸显出来，不过……眼角的疤？

察觉到女儿的反应，楚傅伟安慰道：“这个疤痕不影响的，用刘海遮挡一下就可以了，你不要太在意了啊！”

楚艾钰轻轻摸着眼角那块极小的疤痕，虽然疤痕很小，却很明显。不过她倒不介意，已经很好了，能恢复光明，她就满足了。

“小钰啊，闭上眼睛休息一会儿，你刚恢复，别用眼过度了。”楚傅伟不放心地叮嘱着。

“嗯，好。”楚艾钰虽然答应，但还是睁着双眼好奇地打量周遭的一切。

病房的陈设没有变化，只不过空床明显多了起来。已经到中午了，再过几个小时应翰就会来，楚艾钰盯着墙上的时钟偷偷笑出了声。如果他知道自己痊愈一定会特别开心。她现在迫切地想见到他，跟他分享这个天大的好消息。

然而，直到傍晚，应翰都没有出现。

最开始的几天，楚艾钰穷尽可能想着理由，为应翰的“迟到”开脱。后来，她询问了所有的护士和医生，却没有任何一个人记得一个叫作“应翰”的少年。

“是不是脑部损伤还没有完全恢复啊？”

“或者……是并发症？凭空臆想？”

有好事的护士在她背后窃窃私语，楚艾钰不愿理会，她默记了从医院到“秘密基地”的距离，可是寻遍整个医院都找不到记忆中的地方。

渐渐地，她似乎接受了他再也不会赴约的事实。

这个少年，就像是上天送来填补她生命空缺的礼物，可是，当她习惯了他的存在之后，上天又将礼物收了回去，留下生命里更大的残缺。

第二章

面含微笑才能春暖花开

一个月后，繁都迎来了第一场雪。

大雪来势汹汹，但很短暂，印象里，刺骨的寒风还在耳旁呼啸，转眼晴天一来，就将漫天飞扬的雪花须臾间一扫而光。

楚艾钰出院也有一段时间了，这些日子以来，除了定期去医院复查，她渐渐恢复了原本的生活轨迹。

爸爸替她请了长假，说等到她完全康复再回学校上课。为了不让他担心，她答应下来，但还是会在家里复习功课。

很多时候，她好像忘了这个冬天的记忆，甚至鲜少去照镜子看自己眼尾的疤痕。可她偏偏清楚地记得疤痕的形状，也清楚地记得，这是妈妈离开的第七十一天，应翰不告而别的第四十六天。

“林国佳！你还在这儿玩乌龟？作业写完了？马上就要中考了，你不想上高中了是吧？”

“啊，你别动我小乌龟！烦死了，每天就知道念念念……”

“我念你这不是为你好吗？你看看人家小钰，连个念的人都没有，等你和她一样，你就知道你是身在福中不知福了！”

数学课本翻开一半，楚艾钰却失了神。不知道为什么，自从她出事之后，邻居们教育孩子时，总能带上她的名字。“你看看人家小钰……”“小钰都没有……你却有……”“你要珍惜啊，比起小钰……”类似的话，听着很是刺耳。

楚艾钰将课本扔在一旁，双手捂住耳朵，想要隔绝那些恼人的声音。

可是屋子里安静极了，那些声音源源不断地传进她的耳朵，她索性出了门，将那些声音扔在耳后。

今天是周末，同学们应该都坐在补习班里争分夺秒地为高考做准备。缺课那么久，她已经赶不上进度了。

楚艾钰漫无目的地走在街道上，没走多久脑海里却浮现出爸爸发现自己不在家时焦灼的神态，来不及多想，又急匆匆地往回赶。

楚傅伟正在开门，他似乎在专心地想着什么事情，并没有察觉女儿站在身后，钥匙换了又换，才终于把门打开。

“爸……”楚艾钰打了声招呼，紧跟在他身后进了屋。

关门时，楚艾钰的视线落在他提着的酒瓶上：“爸，你怎么又买酒了，不是和医生说好了要戒酒吗？”

从她出院之后，爸爸就常常下了班之后泡在酒馆里借酒消愁。上次，更是因为酗酒进了一次急救室。虽然爸爸只字不提妈妈的事，但他一直耿耿于怀。

楚艾钰知道他难过，劝了很多次却没有起到任何作用。

屋子里黑黢黢的，楚傅伟打开灯，将白酒放在桌上，又从碗橱里翻出一个瓷碗，倒了满满一碗，霎时间，浓郁的酒香味弥漫开来。

头顶的白炽灯洒下清冷的光，悄无声息地融入白酒中，没有任何温度。

“爸，你不能再喝了……”

楚艾钰伸手挡在碗前的动作终于让楚傅伟看了她一眼，但也只是敷衍地抬起眼皮，语气慵懒又倦怠：“今天高兴，爸高兴，就当作庆祝。”

他将手里的塑料袋晃得窸窣作响，声音也跟着摇摇晃晃。除了酒，他还去饭店打包了女儿喜欢吃的菜。

楚艾钰无奈地皱了皱眉，将菜摆盘后疑惑地问：“庆祝？有什么好事吗？”

碗里的酒很快见了底，楚傅伟没有回答，只是喃喃地重复着“好事……好事……”却不说到底是什么事。

楚艾钰低头暗自思忖，能说得上好事的，一定和妈妈有关。

她用眼角的余光看了一眼正在喝酒的爸爸。似乎是感受到了女儿的目光，楚傅伟不再盯着碗里的酒，而是抬起头微不可察地深吸了一口气："明天……爸带你去见韩先生。"

"韩先生？是那位……鼎鼎有名的慈善家？"楚艾钰抬起头，听到爸爸轻轻"嗯"了一声，随即在脑海里反复琢磨着，"为什么要去见韩先生？他知道……妈妈？"

"妈妈"这两个字几次都要从她嘴里蹦出来，最后还是被硬生生憋了回去。

这么久了，因为怕爸爸伤心，楚艾钰没有再提起过游艇意外，或者任何与妈妈有关的事。

"你还记得住院时那个通过慈善机构给我们资助的好心人吗？他就是韩先生。明天我带着你亲自上门感谢一下。"

原来就是韩先生帮助了她！楚艾钰不禁错愕。可她从爸爸的表情里读到的情绪，却不像是感激。

韩家的别墅依山傍湖，坐落在人迹罕至的郊区，他们坐了将近两个小时的公交车才到达目的地。刚下车，那幢白色的欧式建筑便出现在眼前。楚艾钰捶了捶泛酸的腰，望向别墅的眼神里不免有了一丝惊叹。

不远处的三层别墅大气又华丽，纯白色的外墙配以大大的落地窗，似乎能将整片山野美景映入眼底。

环形的露台视野十分开阔，设计大胆而张扬。尤其是巨大的悬挑客厅好似横穿山林，格外抢眼。

这样的地方，楚艾钰从来没有来过。

在她的记忆中，只有自己土生土长的老旧城区和那条破败的解放街道。

街道旁，一栋栋老房子紧紧地挨着，蠖屈蜗潜。杂乱的野草疯长着占满每一个空隙。矮一点儿的房子全年不见光，即使到了夏天也透着阴森森的寒气。哪里比得上眼前这栋华贵大气的别墅，常年沐浴在阳光下。

“小钰，你别忘记爸爸先前叮嘱你的那些事。”楚傅伟见女儿有些出神，语重心长地叮嘱道。

楚艾钰默然地点了点头，内心被爸爸那副心事重重的表情影响得七上八下。

她低着头沉默地跟在爸爸身后，并不知道之前的嘱咐有什么含义。

犹豫了片刻，她刚想开口将心里的疑惑问个清楚，却听到爸爸说了一声：“到了。”

黑色的铁门外站着一位四五十岁的女人，女人将乌黑的秀发随意地绾在脑后，一袭米白色针织连衣裙显得她大气华贵。看见楚傅伟和楚艾钰，女人连忙微笑着迎了上去。

这是韩太太吗？她笑得好温柔。楚艾钰站在一旁，恭恭敬敬地向女人鞠躬问好：“韩太太好。”

女人笑了笑，温柔地解释：“我是陈芳，不是韩太太，你叫我陈婶就好了。”说着，她便引着两个人往前走。

韩家的阿姨竟然这么有气质，楚艾钰暗自嘀咕，同时好奇地打量着周遭的环境。

脚下的石子路刚刚被水冲洗过，清清爽爽的，走起来格外轻松。道路两旁是她叫不上名字的花草，长相各异的名贵花种散发着独有的清香，在她眼前铺开一路的锦盛芳华。

方寸之间，都是景致。

推开白色雕花的木质房门，便是环形大厅。大厅内极尽奢华，繁复的灯饰发出冷厉的亮光，四周米白色的墙壁在酒红色的地毯上投下暗沉的阴影。

楚艾钰局促地站在一旁，只觉压迫。

“你们来了？快坐快坐，这一路辛苦了。”男人浑厚的声音从身后响起，楚艾钰低着头，用眼角的余光打量着面前的韩先生。

棱角分明的脸庞尽显威严，挺拔的身姿撑着贴身的西装，有着成功人士的意气风发。

这样一对比，站在对面卑躬屈膝的楚傅伟就瘦弱矮小许多。他完全被韩栋压制住，连脸上挂着的讨好笑容也极其无力。

不得不承认，韩栋举手投足之间，带着特有的气场。和传闻中一样，他很在意自己的形象，毕竟是经常出现在荧屏上的人。韩栋看人时表情很专注，但这种专注无形之中带着强大的压迫感，让楚傅伟无所适从。

“多谢韩先生对我们的帮助，这点儿礼物，是我们的心意，希望韩先生不要嫌弃。”楚傅伟弓着腰，拿出事先准备好的红酒礼盒递了过去。

“破费了。”韩栋看了一眼陈婶，“帮我收好。”

楚艾钰一直踌躇不安地站在旁边，偷偷打量着韩栋，不知道为什么，她总觉得眼前的男人似曾相识，而且每当他说话时，这种感觉就会更加强烈。

“小钰……”楚傅伟压低声音在一旁提醒。

楚艾钰这才回过神，向韩栋欠身行礼：“韩……韩先生您好！”

“你是小钰吧，挺文静的，也懂礼貌，你爸爸教女有方啊……”韩栋压下眼底微不可察的慌乱，熟络地说着客套话。她似乎没有认出自己，韩栋松了一口气，但愧疚和心虚还是让他不敢直视楚艾钰澄澈的双眼。

“来，先吃点儿水果，坐下聊吧。”陈婶切了一些水果，放在桌子上。

“对对对，快坐下，一会儿吃完晚饭再走！”韩栋热情的语气让楚傅伟无法拒绝，只能答应下来。

楚艾钰局促地坐在一旁，她插不上话，只能偶尔在爸爸表达感谢的时候，露出浅浅的微笑。

晚餐很丰盛，可楚艾钰有些拘谨，只顾埋头扒饭。楚傅伟陪韩栋喝了不少酒，把韩栋哄得喜笑颜开。

酒过三巡，楚傅伟已经醉得迷迷糊糊，直接趴在桌上睡了过去。楚艾钰喊了几遍，都不见他回应。

天色已晚，楚傅伟又醉得不省人事，韩栋也只好让陈婶收拾出两间客房给父女俩过夜，等明天楚傅伟酒醒之后再送他们离开。

这一夜楚艾钰辗转难眠，她盯着墙上的时钟，看时针从十点走到凌晨两点。

韩家这张大床太过舒适温软，她反而不适应。而且，临来路上爸爸一直叮嘱她要听话，在韩家要守规矩。当时她还笑着说：“知道了，说得好像咱们要在韩家长住一样……”现在看来，事情不像她想的那么简单。尤其是爸爸平时酒量一直很好，怎么会喝了这么几杯就醉了，而且爸爸也很少在外人面前如此失态。

她叹了口气走到窗前，却无意间瞥见一个佝偻着的身影在路灯下移动。

楚艾钰心下一慌，跑到隔壁房间一看，里面根本没有人。连外套也没来得及披上，她就追了出去："爸！你要去哪儿？"

她不敢喊得太大声，心里却隐隐约约有了答案。

楚傅伟愕然地转过身，似乎没有想到会暴露行踪。他慌忙拉着女儿隐到黑暗角落，压着声音："小钰，你听着，爸爸要离开一段时间，你要好好照顾自己。"

"你要去哪儿？不能带我一起去吗？"楚艾钰难掩心头的悲伤，妈妈弃他而去，连爸爸也要抛下自己了吗？

"爸，你不要丢下我。"她紧紧抓住爸爸的手臂，唯恐一不小心，就被他溜走了。

"爸没想丢下你，爸想明天再打电话跟你解释……"楚傅伟欲言又止。

"明天？不！我现在就要知道原因！"

见女儿如此执着，楚傅伟知道如果不说出真相就一定走不开。他犹豫了片刻，缓缓开口："小钰，其实我不能确定你妈到底是离家出走还是因为别的什么意外失踪……但是我觉得她的消失一定和韩栋有关。

"如果不是韩栋心里有鬼，为什么要通过慈善机构大费周章地帮我们。商人做慈善不为名就为利，现在他名利都不要，肯定是做了亏心事想要弥补。而且那艘游艇的主人就是韩栋，无论如何，我都要查个清楚，找到你妈！所以，你必须留在韩家，查到蛛丝马迹，不管用什么方法。记住我之前嘱咐你的，要听话懂事，不能犯错……”

后来是怎么回到房间的，她已经记不清了。

楚艾钰站在窗前，一动不动地望着静默的远山，大块大块的黑积攒在眼底，化成沉疴一片。

“要留在韩家，查到蛛丝马迹，不管用什么办法。”

爸爸临走之前交代的话就像是一块巨大的铅石，绑着她，带她坠入深不见底的黑洞。

楚傅伟的突然消失，自然引起一阵不小的风波。韩栋派人去找，却发现他早就把房子租了出去，连同工作也一并辞了。

一个大活人，就像人间蒸发一样，顷刻间消失得无影无踪。

可对这个结果，韩栋并不意外，毕竟以往也发生过类似的事情。

他曾经资助过一个小孩，孩子的父母贪得无厌，从一开始伸手要钱，到后来直接将小孩丢给他不管不问。后来，韩栋在别的城市找到了孩子父母，中断了资助关系。

经验告诉他，楚傅伟是故意将女儿扔在这里的。

韩栋虽然不确定楚傅伟这样做的目的，但按照目前的形势，他根本无法把无依无靠的楚艾钰赶出去，万一被记者发现就不好了。思来想去，他决定派秘书周楠打听楚傅伟其他的亲戚朋友，没有消息之前，暂时先让楚艾钰留在韩家。

这一留就是半个月，直到周楠打听到楚艾钰远在海城的叔叔楚傅达。

“我们联系到了楚傅达，说明了情况，他表示愿意收留楚艾钰。”

“嗯……很好，那你安排一下，订下周二的机票。”

事情总算得到解决，放下电话后韩栋长舒一口气，却没想到这次对话被偶然经过书房的楚艾钰听得清清楚楚。

爸爸让她想尽办法留在韩家，可韩栋根本就不愿意让她留下。这是不是说明他心里有鬼？不，她要想办法留下来！楚艾钰一边想一边往卧室走，直到陈婶叫了她好几遍，才回过神。

“小钰，下午太太就回来了，要委屈你在房间里先躲一躲了。太太因为女儿去世，受不了打击，一病不起，住院到现在。先生怕太太看到你会情绪失控，所以……”

陈婶说话的语气很温柔，对待她也特别细心，楚艾钰乖巧地点了点头，表示理解。

之前听陈婶说起过，韩家有一个和她同龄的女儿叫韩萱然，只可惜从小体弱多病，多次被下了病危通知。

林玥芬带着女儿辗转国内外寻找名医，最终还是没能挽回她的生命，上个月在医院病逝了。而林玥芬一直不肯接受女儿离开的现实，忧思成疾，患了轻度抑郁症。

陈婶说来说去，无非是说她长得和韩萱然有几分相似，怕林玥芬看到她会加重病情，所以只能委屈她先躲在房间里。楚艾钰并不介意这件事，却好奇那个叫韩萱然的女孩究竟长什么样，她们之间又有什么相似之处。

陈婶又交代了一些其他的事，楚艾钰心不在焉地答应着，心里却在盘算着别的事情。

妈妈说过，韩家太太林玥芬是妈妈的好朋友，或许，她能从林玥芬的口中，探出一些蛛丝马迹？

整个下午，楚艾钰都躲在卧室里，无聊地躺在床上注意门外的动静。晚饭时分，大厅突然热闹起来，她知道是林玥芬回来了。

林玥芬似乎是一个很受欢迎的人。

至少从陈婶的描述中，林玥芬是一个从来不端架子，对周围人体贴关怀的好太太。

楚艾钰躲在房间里，隐约听到韩栋对林玥芬嘘寒问暖，虽然内心满是好奇，可还是忍住了打开房门的冲动。因为她很清楚，如果现在打开房门，不仅什么都问不出来，还有可能被韩栋赶出去。

但她不想就此放弃，心里仍想着抓住机会向林玥芬打听妈妈的事。

林玥芬自从回家之后，一直很少出房间，而楚艾钰的卧室原先是杂物间，在走廊的最西边，没有特殊情况，一般不会有人往这里来。所以一连几天她都没有找到机会。

眼见离开的日子一天天逼近，楚艾钰的心里也越发焦急，她不能坐以待毙，等着被赶出韩家！

第二天早上，韩栋离开之后，楚艾钰泡了杯牛奶来到了林玥芬的房门前。

房门虚掩着，林玥芬正半阖着眼躺在床上，乌黑的发丝随意披散着，鹅黄色的羽绒被被她轻轻地拥在怀里，窗明几净，画面安静祥和。楚艾钰却从她死寂般的表情里感受到了绝望。

“阿姨，喝杯牛奶吧。”楚艾钰深吸一口气走了进去，“牛奶的温度正好……”

她断断续续地说着，壮着胆子走到床前，将牛奶放到一旁。林玥芬皱了皱眉，许是不满别人打扰到她。过了一会儿，她睁开双眼，在看到楚艾钰的一瞬间猛地坐起，平静的脸上掀起狂风骤雨。

楚艾钰发现林玥芬浑身颤抖，心里有些害怕：“阿姨，您……

您没事吧？”

“萱儿……”林玥芬的声音哽咽，她紧紧握住楚艾钰的手，“萱儿你回来了！”她的双眼里闪着光，望向楚艾钰的眼神里充满怜爱。

见林玥芬满脸泪痕，楚艾钰心口有一丝细微的抽痛。其实林玥芬和她一样，都承受着失去至亲的痛苦，林玥芬承受的痛苦却要比她多上好几倍。

因为死亡这件事，已经血淋淋地摆在了她的面前。

楚艾钰承认，她一开始是想利用林玥芬，可此时此刻，却开始同情这位因为失去孩子而绝望的母亲。

林玥芬握得用力，楚艾钰的双手开始泛红。看着满脸泪痕的林玥芬，她突然难过起来，她想妈妈了，以前妈妈也会温柔地唤她的名字，会在她难过时抱着她，安慰她。

“妈……”情不自禁地喊出这个字，楚艾钰已经泣不成声。

陈婶正端着太太的早饭往楼上走，被愈演愈烈的哭声吓了一跳，她停下脚步，仔细一听，发现声音是从太太的房间传来的，当下慌了神，来不及多想，急忙跑了过去。

楚艾钰正和太太相拥着哭成一团，她劝了很久，才止住二人的哭声。

大哭一场之后，林玥芬好像用光了所有的力气，趴在楚艾钰肩头睡着了。

楚艾钰小心地扶林玥芬躺下，又为她掖了掖被角。陈婶站在一旁心有余悸，拉着楚艾钰回到她的房间，厉声教训了一顿：“小钰，你这是犯什么糊涂？要是太太受不了刺激出现什么意外，你想过后果吗？”

“对不起……”楚艾钰低着头道歉。

见她哭得眼睛都肿了，陈婶的声音软了下来：“这次的事我不会告诉先生，不过，你不要再去太太的房间了，知道吗？”

楚艾钰沉默地点了点头。

下午四点，韩栋刚一回家就把楚艾钰叫到了书房，不过不是因为她闯入林玥芬房间的事情。陈婶言而有信，并没有把这件事告诉韩栋。韩栋找楚艾钰主要是为了“协商”将她送走这件事。

美其名曰协商，不过是通知罢了。

“……机票已经订好了，到时候我会让周楠亲自把你送到海城。”

楚艾钰沉默了许久，才下定决心说：“韩先生，能不能让我留在这里？我可以给陈婶帮忙……我的婶婶一向不喜欢我，我不想去海城。”

“如果您觉得我哪里不好，我都可以改正的，只希望您让我留下来。”楚艾钰一连说了好几句话。

“你……”韩栋正欲说话，却被林玥芬打断。

“老韩，就让她留下吧。”林玥芬披着一件深蓝色的针织衫，苍白的脸上没有一丝血色。她倚在书房门口，看向韩栋的眼神里有着不容拒绝的坚定，“如果你不让她留下，我就和她一起走。”

见太太一脸严肃，韩栋皱着眉向楚艾钰挥了挥手，示意她离开。楚艾钰识趣地离开书房，回到卧室后将房门打开，书房的声音不大不小，刚刚能被她听到。

“玥芬，我们和她非亲非故的……不合适啊！”

“有什么不合适的？难道非要把她送走，让她在外面受到虐待才合适吗？”

“你知道我不是这个意思……你不要自欺欺人了，她不是我们的女儿，萱然她已经……”

“我知道她不是萱儿！这些日子以来，我经常做噩梦。醒着的时候也一度觉得自己死了。你就留下她吧！说不定……是萱儿冥冥之中让她陪在我们身边的。你不觉得她和萱儿很像吗？”林玥芬的声音颤抖着，强撑着精神望着韩栋。

韩栋摁了摁眉心，脸上写满无奈。

他记得上次儿子为了楚艾钰低头，答应了出国。儿子既然会为她做出这么大让步，难保以后不会再因为她做出其他疯狂的事情。把她留下来，真的后患无穷。可是眼下，妻子如此坚持，他只能选择暂时妥协，反正儿子这几年都在国外。

“好好好，我答应你就是了，你别激动。”韩栋无奈道，“我先扶你回房休息吧。”

安抚好林玥芬之后，韩栋给等在门外的周楠打了个电话，让他取消安排，然后和楚傅达那边说明一下情况。

“韩先生，那您真的打算让楚小姐留下来？您不是担心……”

“这件事先这么决定，你继续找楚傅伟，不要放过任何线索。”

楚艾钰看着窗外接她去机场的车子绝尘而去，紧抿着唇。她知道，只要林玥芬从丧女之痛中清醒过来，明白自己并不能代替韩萱然，她就会被韩家无情抛弃。

所以，她无论如何都要讨林玥芬喜欢，更要由里到外改变自己，变成韩萱然，让林玥芬在这种错觉里一直活下去。

所幸她被留下之后，林玥芬就让她搬到了韩萱然的房间，房间里全是韩萱然曾经生活过的印记，楚艾钰有充分的时间去了解，去改变。

昨天，林玥芬带她去商场选衣服，她全都按照韩萱然喜欢的甜美风格去选，林玥芬当时惊喜的表情，她现在还记忆犹新。楚艾钰从书架上翻出一张照片，照片里的少女脸色苍白，但笑起来时，眼睛灿若繁星。

放下照片，楚艾钰走到穿衣镜前打量起自己的五官，自从出院之后，她消瘦了不少，五官也渐渐立体起来，眉眼间与韩萱然越发相似，可这些还是远远不够。

“楚艾钰，不管用什么办法，你都要留下。”她望向镜子里的自己，唇角的笑意冉冉褪色，“哪怕是变成韩萱然的替代品……”

经过一段时间的留意，楚艾钰发现书房是韩栋待得最久的地方。每次从公司回来，韩栋就会去书房待上几个小时，还不许任何人打扰。

陈婶说韩栋是自从两个月前才开始这样的。楚艾钰仔细想了一下，两个月前正好是游艇事故发生的时候。那么韩栋会不会将一些与事故有关的重要文件藏在了书房？

她怀疑，书房里一定藏着韩栋不可告人的秘密。

第二天上午，林玥芬有事出了门，陈婶不放心，跟着一起去了，韩栋也因为公司有事不在家。这对楚艾钰来说实在是一个好机会。

她蹑手蹑脚地潜入书房，开始寻找蛛丝马迹。

办公桌的抽屉里干干净净，并没有可疑的文件，楚艾钰环视一周，目光定在摆满书籍的桃木色书架上。

整个书房最瞩目的就是这个与天花板齐高的书架，书架上鳞次栉比放着各式各样的藏书，大多与建筑有关，单看书名就能想到那些艰深晦涩的内容。

楚艾钰思考了一下，如果她是韩栋的话，一定会把文件藏在最明显，也最不容易被别人觉察到的书架上。

但是书架太高了，她够不到上面的书，只好将办公椅搬过来站了上去。

她找得太过专注，所以没有听到书房门被推开的声音。

“小钰？”突然冒出的声音，让楚艾钰措手不及。她脚底一滑，直接从椅子上摔了下来。

一阵天旋地转后，楚艾钰吃痛地从地上爬起来，慌乱之中视线擦过书架的底层。一个……上了锁的柜子？她要找的文件会在这里面吗？

“小钰，你没事吧？”林玥芬显然吓到了，慌忙跑过去把她扶起来，瞳孔也因为慌张而骤然紧缩，“摔到哪儿了？疼不疼？”

楚艾钰怔了一下，没想到林玥芬的反应如此强烈。

“阿姨，您别担心，我没事。”她揉了揉膝盖，“就是被吓到了。”

林玥芬皱着眉，仍旧担忧地看着她，直到确认她真的没事，才放下心来。

似乎意识到自己的反应有些过激，她沉默了片刻，不着痕迹地转移了话题：“你在找什么啊？用不用我帮你？”

“我……我在……”话题转变得太快，楚艾钰的脑海里一片空白，根本想不出一个合适的理由。正当她手足无措之际，门口骤然响起一个声音：“你要的书在这里。”

楚艾钰好奇地望向门外。

三月份的天气因着一场猝不及防的春雨，又冷了几分。少年穿着一件单薄的墨绿色牛仔外套，微笑着靠在门框上，肩膀上似乎有被雨水打湿的痕迹。

他晃了晃手里的《中国小提琴作品集》，声音沉稳而有力："是这本吗？"

他的声音似乎带着一种催眠的魔力，楚艾钰怔在原地呆呆地点了点头："是……"

似有遗忘的琴音响起，拼凑出记忆的碎片。

"应——翰——"这个尘封已久的名字，呼之欲出。

"这书就放在客厅的桌子上，应该是你忘记了。"

直到少年将书放在她手上，楚艾钰才反应过来："谢谢。"她有些发慌，不敢直视少年深邃的眼眸。

午饭时，韩栋特意从公司赶了回来。楚艾钰坐在少年的正对面，几次抬头都不可避免地撞上他的视线。

为什么他要帮着自己撒谎呢？楚艾钰百思不得其解，可是，只要想到那能看透人心的双眼，她的心就"咚咚咚"地狂跳，脸也红了起来。

楚艾钰把头埋得越来越低，胡乱地扒着碗里的饭。

"陈婶，听说小希这次期末考试又是年级第一，发挥得不错。"韩栋似乎对少年的表现很满意，眉眼间全是笑意。

"多亏了您啊，如果不是您资助小希……"陈婶的声音哽咽，又扭过头对坐在一旁的少年重复地说着诸如"你以后可要好好报答韩先生""要常怀感恩之心"的话。

从陈婶絮絮叨叨的嘱咐中，楚艾钰得知了少年的一切。

少年叫陈希，是陈婶唯一的儿子，从小便和陈婶相依为命，在韩栋出现之前，他们一直过着拮据的生活。但好在陈希争气，凭着实打实的成绩常年位列年级第一。

韩氏集团每年都有资助贫困学生的项目，韩栋一眼就选中了陈希，持续资助他近五年之久。

后来，韩栋索性在陈婶下岗之后把她请到家里做阿姨，让她不会因为找工作的问题发愁。

楚艾钰默默地听着，用眼角的余光瞥了一眼陈希的反应。他似乎习惯了类似的场合，并没有说话，只是会在陈婶嘱咐他时微笑着点点头。

虽然气氛还算活跃，可楚艾钰还是感觉到了一丝不同，因为从始至终林玥芬都没有说话。平时爱说笑的她今天却格外沉默，一副心事重重的样子。

楚艾钰不动声色地皱了皱眉，她总觉得林玥芬的反常与她刚才摔倒有关。

难道林玥芬起了疑心？楚艾钰不敢多想,生怕应了自己的猜测。

刚吃完午饭，林玥芬就去房间休息了。楚艾钰犹豫了一下，决定去探探她的口风。

卧室里，林玥芬似乎陷入了回忆，一直出神地望着窗外，根本没注意楚艾钰。

“林阿姨，你怎么了？是不是不舒服？”楚艾钰推开门，走到她身边。

林玥芬转过头，看到站在一旁的楚艾钰愣了一下，随后深深地叹了一口气。

楚艾钰突然有些心虚，担心林玥芬看出什么端倪，试探性地又问："林阿姨？你还好吗？"

"嗯，我没事。"林玥芬勉强地笑了笑，目光却越发悲伤，"萱然是三岁那年查出的白血病。"

楚艾钰一怔，不知道林玥芬为什么突然提起这件事。

"萱然活泼好动，那天我们将朋友送的喜糖顺手放在桌子上，萱然看到了，偷偷搬了小凳子……"林玥芬的声音有些哽咽，"后来，她从凳子上摔下来，大腿磕破了。我们带她去医院，却查出了白血病……"

林玥芬捂住脸小声地哭泣，而楚艾钰突然明白她说起这件事的原因。一定是刚刚在书房里的场景让她想起韩萱然小的时候摔倒的那一幕。

其实，从凳子上摔下来与得不得白血病根本没有丝毫关系。林玥芬却固执地将二者联系起来，让摔倒这件事成为自己无法摆脱的噩梦。

楚艾钰张了张嘴，刚想出口安慰，却被林玥芬打断："陈希是我特意叫来的，这孩子人蛮好的。"

怎么又说到陈希了？楚艾钰有些跟不上思路。

"这孩子很乖巧，学习成绩也好，如果以后你去星禹高中的话，也能帮帮你。"

"去星禹高中？"楚艾钰的疑惑愈发加深。

林玥芬点了点头："你出事后就一直没去过学校。我打听过，你爸……他很早就给你办理了休学手续。"

休学手续？难怪每当她要回学校时，爸爸总以病情没有痊愈搪塞她。看来这一切都是他计划好了的。

楚艾钰有些失落，没想到爸爸竟把事情瞒得一丝不漏，没有给她任何缓冲的余地。

“还有一件事，我想问问你的意见。”林玥芬想了片刻，决定将自己的想法说出口，“你愿不愿意……做我们的……女儿。”

林玥芬似乎有些紧张，满眼期待地望着楚艾钰，悬着一颗心等她回答。

楚艾钰很是错愕：“你们的女儿？您是说……”她无法理解林玥芬话里的意思。

“你别误会，阿姨就是想认你做个干女儿。你看现在你爸爸妈妈都不在身边，你一个女孩子，很多事情也不方便。在找到你爸爸妈妈之前，让我们先照顾你好吗？阿姨挺喜欢你的……我们可以对外宣称你是韩家唯一的女儿，只要你愿意，你可以有新的名字、新的开始。这样，以后再也不会有人欺负你了。”林玥芬满脸心疼地说。

其实，在收留楚艾钰之后林玥芬就去了她就读的明远高中，从一些老师的口中得知，楚艾钰虽然看起来阳光，但心思敏感，将事情藏在心里，还经常受到其他同学的孤立。

林玥芬想，楚艾钰之所以对之前的事情闭口不提，大概是觉得楚傅伟离开之后，自己没了依靠。而她能想到最好的办法，就是认楚艾钰为干女儿，让她留在韩家。

“明远高中太远了，我也不放心你住校。相对来说，星禹的教学资源和师资力量都很强大，对你的学业也有很大帮助……再加上陈希也在星禹，也能多照顾你一些……”林玥芬静静地看着楚艾钰，不再多说什么，“你不用着急，想好了告诉我就行。”

这些日子以来，楚艾钰能体会到林玥芬对她发自内心的关怀。她低头思索了一会儿，似乎觉得这是一个机会。如果能够按照林玥芬说的那样，成为他们的干女儿转学到星禹高中，一定会在韩家站稳脚跟，那么妈妈的事也会随之水落石出……

想到这儿，楚艾钰下定了决心："那……我继续叫你林阿姨可以吗？"

林玥芬怔了一下，完全没想到她能这么快答应。唇角渐渐扬起，她紧紧地抱住楚艾钰："可以可以，你想叫什么都好。"

"那……微笑，我可以叫这个名字吗？"

面含微笑，春暖花开。她要借这个身份重新开始。

"可以啊，只要你喜欢。"林玥芬温柔地揉了揉她的头发，想了想似乎觉得有些不妥，"不过，为了不让你转学受到欺负，对外就叫韩微笑吧，等找到你爸爸再说明情况也不迟。"

楚艾钰知道她的顾虑，点了点头，没有多说什么。

正说着，韩栋突然推门而入，楚艾钰看他愁眉紧锁，识趣地找了借口先行离开。

"玥芬，你刚才说要认楚艾钰做干女儿？"楚艾钰离开后，韩栋才将自己的质问说出口。

"是。"林玥芬不假思索地回答。

"我不答应！我已经听你的收留了她，也答应给她转学，可是……"韩栋烦躁地深吸一口气，"你越来越荒唐了！"

"荒唐？老韩，你根本不懂我的感受！"林玥芬的心骤然疼痛起来，"我只要一闭上眼睛，就会想到萱然惨白着脸，说不想离开我的那一幕。看到小钰，我总觉得，萱然她还活着，以另一个身份活在我身边。我想看到她完成学业，结婚生子……"

自从韩萱然生病之后，就无法像正常孩子一样上学，虽然林玥芬给她请了私人教师，但她上了几堂课后就吵着要去学校。最后林玥芬无计可施，在她病情稍稍好转后，答应了她。

谁知，才过了几天韩萱然便哭着跑回了家，说那些小朋友怕病会传染，根本就不和她玩。

那场景，至今回想起来，都让林玥芬痛苦不堪。

韩栋看着妻子满脸泪痕，不忍地闭上了双眼。

他其实知道妻子的执念，也知道妻子将未实现的期望全部寄托在了楚艾钰身上。他长叹了一口气，无奈地点了点头，算是妥协。

既然妻子那么坚持，那么以后的事情，就待以后再做打算吧。

第三章

回忆酿造的蜜糖砒霜

到星禹高中报到的前一天晚上，林玥芬还在事无巨细地嘱咐着楚艾钰，告诉她在学校要如何好好照顾自己。后来又觉不妥，说什么也要亲自送她去学校。楚艾钰怕她劳累坚持自己去，好说歹说才将林玥芬的念头打消，林玥芬转而又打电话叮嘱陈希多多照顾她。

忙乱的一天很快过去，第二天，楚艾钰特意早起，赶在八点之前来到了星禹高中。

还未到上课时间，星禹校园空旷且清冷，陈希面带笑容地站在门口，礼貌中带着一丝疏离。他穿了浅咖色的 V 领针织衫，打底的纯白衬衫被晨光笼上一层淡淡的光圈，两边的袖口微微卷起，露出白皙好看的手腕。

楚艾钰怔了一下。

“应翰”“陈希”，这两个名字在脑海中渐渐重叠，让她激动得说不出话来。

其实，在书房见到陈希时，她早就想将心中的疑问说出口，可碍于林玥芬在场，她只好放弃。现在，似乎是一个难得的机会。

“怎么了？我脸上有什么东西吗？”陈希看到楚艾钰一直盯着自己，疑惑地摸了摸脸颊。

楚艾钰回过神，脸上浮现一丝绯红，她尴尬地摇摇头：“没有没有，是我突然想起了一些事情。不好意思，要麻烦你带我报到了。”楚艾钰飞速地把话说完，突然失落起来，明明陈希的声音和她记忆中的声音一样沉稳有力，可他像不认识自己一样，语气里一点儿温度都没有。

是自己变了太多，他没有认出来？还是认错了人？楚艾钰开始胡思乱想，微皱的眉头很容易暴露了情绪。

大概是不想气氛太过尴尬，陈希轻轻地笑了笑：“没什么麻烦的，再说，林阿姨特意打了电话让我照顾你……”

楚艾钰默默地抬起头。其实，陈希的五官并不出众，但很柔和，带着一种与生俱来的亲切感。

尤其是他笑起来时，似乎连初春的阳光都平添了一丝暖意。

“那个……”楚艾钰犹豫地开口问道。

“嗯？”

“我名字的事情……”楚艾钰想了想，决定暂时不提应翰的事，毕竟她现在没有证据证明陈希就是应翰，万一认错人闹了乌龙就不好了。

“你放心，林阿姨已经嘱咐我了，我会保守秘密的，韩微笑。”陈希说着，嘴角浮现好看的微笑。

楚艾钰怔了一下，扭过头不再看他。

进了校园，镌刻着“星禹高中”四个大字的百年石碑映入眼帘。远远望去，一座宏伟的建筑呈中轴对称般矗立在校园中央。

“那是图书馆。”陈希解释道。

楚艾钰不敢置信地点了点头。不愧是繁都综合实力排名第一的星禹高中，不但历史悠久，建筑规模也如此庞大。图书馆的规模竟然抵得上明远高中的两幢教学楼！

中考时，她的成绩勉强过了星禹高中的录取分数线，但碍于昂贵的学费，还是去了明远高中。谁知道，兜兜转转，她居然真的来到了星禹。

想到这儿，楚艾钰的心情微微放松，将刚才所有的忐忑与不快统统抛到了脑后。

走了一会儿，还没等他们到报到处，陈希却接到了学生会的电话。

“很着急吗？我现在走不开……不如……”

“你先去忙吧，我可以自己去报到。”见陈希有些为难，楚艾钰故作轻松地说。

“实在不好意思，那……你自己注意，我处理完就去找你。”陈希说完，转过身朝图书馆的方向跑去。

楚艾钰呼了一口气，勒了一下滑到一半的书包带就往报到处走，却没想到竟然迷了路。

她从小就是路痴，又不辨东南西北，而且现在已经到了上课时间，四周根本没有可以问路的学生……楚艾钰叹了口气，有点儿后悔让陈希离开了。

正当她手足无措之际，突然被不远处凉亭里的一男一女吸引住视线。

男生站得笔直，头发剪得干净利落。在大家还穿着外套的季节，他却穿着短袖站在湖边，一副漫不经心的模样。

女生则乖巧地站在一旁，一头乌黑的秀发自然垂下，不加任何装饰却格外清新自然。

走得近了，听见男生不耐烦的声音：“不是让你不要来这个学校吗？”

没有任何前奏预告，顷刻间，女生哭得梨花带雨：“事情都过去这么久了，你还不能接受我吗？”

女生将脸埋进手掌里，肩膀一耸一耸的，很是可怜。

“我绝对不会接受你。过去，现在，将来，都不会有所改变。”男生一字一顿地说，话里没有一点儿温度。

“还有……”男生不屑地瞥了她一眼，“我们是陌生人。”他转过身，背对着女生往亭外走。

也太肆无忌惮了吧？明明星禹高中明令不准学生早恋，他们还在这儿上演分手戏码！

楚艾钰撇了撇嘴，刚想离开却突然意识到自己还没找到报到处，只能硬着头皮走上前，准备向男生询问一下路线。

可是，刚走了两步，她就看到女生追出凉亭，一把拉住男生的手。男生嫌恶地转过身推了她一下，女生一个踉跄直接摔倒在地，晕了过去。

“你没事吧？”楚艾钰来不及多想，快步跑上前。

女生一动不动地躺在草坪上紧闭着双眸，楚艾钰担心她出现意外却又不敢随意地挪动。情急之下，她只好求助站在一旁的男生：“你能不能去医务室叫校医过来？她已经晕过去了。”

于浅宸皱了皱眉，没有搭理楚艾钰。

见迟迟没有得到回应，楚艾钰有些生气，直接抬起头冲着男生喊道：“喂！”于浅宸下意识地看了她一眼，却在与楚艾钰对视的一刹那怔住了。

微风吹动了少女的刘海，隐约可见少女紧蹙着的柳叶双眉，闪着光亮的眼眸和眼尾有着似曾相识的印记。

像被吸引般，于浅宸朝着少女的方向走了过去。

楚艾钰以为他终于良心发现，当下松了一口气：“你先去医务室喊校医吧，不然，直接打120？你……”

剩下的话还未说出口，她惊觉下巴一凉。男生正蹲在面前，单手紧紧攫住她的下巴。骤然逼近的脸庞让楚艾钰吓了一跳。

她不得不承认，他的脸很好看，不，也许用惊艳更为恰当。俊美的五官，细致如白瓷的肌肤，外表虽然有些秀气但因为他眼里的不羁和削薄轻抿的嘴唇，又显得英气逼人。

她怔了一下，反应过来时挣扎着想要离开，却听见男生充满磁性的声音。

“别动。”于浅宸认真地看了看她眼尾处，沉声问，“画上去的？”

“画什么？”

“你左眼旁的蝴蝶形状。”于浅宸深邃的目光中燃着异样的光。

“是……是啊，有什么问题吗？”

游艇事故后，楚艾钰划伤了眼角留下了疤痕。这伤疤不但不美观，还会时刻提醒她那个噩梦，所以她用化妆品根据疤痕的形状画了一只蝴蝶上去。

楚艾钰不知道他问这件事的原因，只知道在说完这句话之后，他的眼神黯淡下来，那股子盛气凌人的气焰也随之熄灭。

“没什么，单纯觉得丑。”于浅宸松开手，瞥了一眼躺在草坪上的女孩。

女孩压在身下的手悄悄换了一个舒服的姿势，于浅宸抽了抽嘴角冷冷地说：“戏演够了就别装了。”

演戏？楚艾钰只觉诧异，全然不知道他在说些什么。躺在地上的女生却在听到这句话之后，慢吞吞地睁开眼坐了起来。

她俏皮地吐了吐舌头：“对不起嘛……”

于浅宸瞪了她一眼，转身就走。

“道歉！”楚艾钰倏地起身，挡在于浅宸面前，不依不饶地说。于浅宸耸了耸肩，一副“你是不是有问题”的表情。

“眼尾那只蝴蝶真的很丑。”

“我说的不是这个。”楚艾钰仰着头，认真地说，“你动手推了人，不管对方有没有受伤，都应该道歉！”

话还没说完，刚才的女生便跑了过来，紧紧抱着她的手臂："姐姐，是我不好，你让他走吧。"于浅宸冷哼一声，侧了侧身快步离开。直到他走远，楚艾钰才反应过来，什么嘛！她好心帮忙却被倒打一耙，真是不识好人心。

她有些生气，甩开女生的手，转身就走。

"姐姐，你别生气，是我错了。"少女追了上去，一副讨好的样子，"姐姐，我叫叶萧凌，你叫什么名字啊？刚刚我不是有意骗你的。"

叶萧凌见她不理自己，不安地从左边跑到右边，不断地碎碎念："我是高一（1）班的，你在哪个班啊？你是不是在找什么东西啊？我帮你啊……"

楚艾钰被她念得心烦，猛地停下脚步，转过头却瞥见她微红的手肘，无奈地叹了一口气："唉，先去医务室吧。"

"医务室？不要吧。"叶萧凌拧着眉，装出可怜兮兮的模样，却还是拗不过楚艾钰的坚持，认命地跟在她身后来到了医务室。

"医生，这位同学摔了一跤，伤到了手肘，请您帮忙看一下。"楚艾钰淡淡地看了一眼叶萧凌，后者正心虚地捂着脸。

孙晏正在写病历，听到声音抬起头却看到了熟悉的面孔，不禁揶揄道："又是你，这次又是为了不上什么课摔的？"

楚艾钰明白了。看来这个女生经常来医务室，还撒谎成精！

"孙医生，我没事的。"叶萧凌吐了吐舌头，"来看看你是否身体健康、万事如意。"

楚艾钰不愿多待，直接说："医生，这位同学就交给你了，我先走了。"末了，她又回过头问了一句："请问一下，入学报到处在哪里啊？还有，高二（5）班怎么走？"

"出了门左转，穿过广场后，直走几百米就能看到格物楼，报到处在二楼。高二年级应该和报到处在一个楼层，你一会儿可以去报到处确认一下。”

“谢谢。”

“高二(5)班？真是缘分！”楚艾钰走后，叶萧凌勾起唇角偷笑。

解决了烦人的家伙，楚艾钰终于松了一口气。孙医生指的路线完全正确，见到格物楼的那一瞬间，她才发现自己明明从这幢楼前经过很多次了。

顺利报到后，楚艾钰给陈希发了一条短信：报完到了，你不用过来了。

似乎是怕自己后悔，打完最后一个字后，她直接点了发送键。

开学摸底考试的成绩刚刚公布，高二（5）班的教室闹哄哄一片，各科的课代表在分发试卷，又是几家欢喜几家愁。

高二（5）班是理科班，四十名学生中，女生只有七个。所以，当百事通蒋黎欢听到要转来一名女同学时，直接放弃了研究他那惨不忍睹的试卷，转而和后桌项元分享这天大的好消息。

“听说咱们班要转来一个女生哦！”他见项元没反应，有些不甘心，“你难道不好奇吗？”

项元兴致缺缺，盯着试卷，一脸的愁云惨淡：“一点儿都不好奇！我现在只担心晚上回家怎么办。我数学才考了74，肯定会挨板子的。”

“这次数学本就很难啊，你看全班‘哀鸿遍野’的，估计都和你一样。看来，只有像于浅宸这样的学神才不会考砸。”

“我看未必，你没发现他从刚才就一脸的不高兴吗？估计也考砸了。”项元压低声音，偷偷瞄了一眼角落里的于浅宸。

从项元身旁经过的周宇林听到他们的对话，耐不住好奇地问道："转学生？我没看到啊，是转到我们班吗？"

终于有了听众，蒋黎欢清了清嗓子，故作神秘地压低声音："听说转学生来历不凡……"他顿了顿，故作玄虚，"她是韩栋的女儿！"

"韩栋？"周宇林突然拔高的声音迅速吸引了周围的同学，其中也包括于浅宸。

"韩栋"这个名字，在繁都无人不知，无人不晓，对星禹高中这些富家子弟来说，如果不知道韩栋，就等同于不知道一加一等于几那样可耻。

气氛开始沸腾，其他的同学都围了过去，七嘴八舌地议论起来。

"韩栋的确有个千金，但从来没对外公开过，听说从出生就生活在国外。"

"现在都高二下学期了还转学，难道这其中有什么隐情？"

"能有什么隐情，我觉得是怕过度曝光影响他们的生活。"

"哇，没想到我还能和韩家千金同班！"

大家尽情地发挥想象，有质疑，有诧异，更多的却是好奇。

于浅宸坐在位置上一脸的无波无澜，心却漏跳了一拍。他重复地默读着数学题干，像是得道高僧在念着降妖伏魔的咒语，想要将脑海里那张迟迟不散的笑脸剔除出去。

会是那个女孩吗？他不知道。

过了一会儿，班主任赵洁走进教室，拍了拍手以示安静："快回到座位上，准备上课了。"

大家很快安静下来，默默地回到座位，然后将全部的注意力定格在赵老师身后的转学生身上。他们很好奇，这位从来不为外界知晓的韩家千金，究竟长什么样。

“看起来还不错哦。”

“一看就是乖乖女。”

大家偷偷地交换一下眼神，心照不宣地笑着。

“今天我们班转来一位新同学，大家以后一定要和睦相处哦。”赵老师微笑着带头鼓掌，讲台下的同学们也跟着鼓掌捧场。在众人好奇的注视下，楚艾钰挺直脊背走上讲台。

这是首战，她一定要打得漂亮。

从拿到“韩微笑”身份的那一刻，楚艾钰就告诫自己，她再也不是那个懦弱可欺的女生了。从今往后，一切都会变得不一样。她要过好韩微笑的人生。

“大家好，我是韩微笑，很高兴加入高二（5）班这个大家庭，接下来的日子里还请各位多多指教啦！”她毕恭毕敬地朝台下鞠躬。

“新同学，互相指教！”

“你的名字很好听哦。”

“以后有什么不懂的问题，可以找我！”

大家你一言我一语，凭着新鲜感在搭腔。唯独于浅宸平静地坐在角落里，淡淡地望着讲台上的女生，他尽量表现得无比冷静，可是只有自己清楚地听到胸腔里叫嚣的声音。

是她！真的是她！

在七岁那年，于浅宸见过她。后来又在爸爸和韩栋一家的合照里看到她，她就是韩家千金。

说起来，他们还真是有点儿渊源。他的爸爸于之行和韩栋是十年同窗好友。不过，于浅宸也只见过她两次，还是在很久之前。而眼前的女生让他有种说不清的感觉，看着像，也有点儿不像，也许是女大十八变？

“微笑，你坐在于浅宸旁边吧。”赵老师环顾一周，发现只有于浅宸旁边有空位，“他学习不错，也能帮助你。”

项元幸灾乐祸地窃笑：“老师，你这不是把新同学往火坑里推吗？”要知道，虽然于浅宸是学神级别的人物，可是向来讨厌女生，这班上几乎没有一个女生愿意做他的同桌。

赵洁瞪了项元一眼，后者识趣地噤了声。

楚艾钰顺着赵老师的视线看向靠窗的最后一排，在看到那一头的亚麻色后，怔了一下。

原来是刚刚的那个男生！楚艾钰嘴角抽动了一下。下一秒，男生抬起头，在和她对视后，嘴角慢慢勾起一丝冷笑，冷厉压迫的视线，仿佛要将楚艾钰看穿。

当时于浅宸给她的感觉，大概能用四个字形容——混世魔王。

真是……冤家路窄了。

楚艾钰犹豫了一下，还是走到他旁边坐了下来。

赵洁满意地点了点头：“接下来，请同学们拿出这次摸底考试的试卷……”

教室里顿时一片哀号，大家不情愿地拿出试卷，面对血淋淋的考试成绩。

赵老师除了是（5）班的班主任之外，还是语文教师，她在黑板上将易错点罗列出来，逐条分析。楚艾钰只觉幸运，换作在明远高中，老师们才不会这么认真地分析试卷。

“这道题很简单，错的同学课后罚抄十遍……”

楚艾钰望着黑板上赵老师娟秀的板书，心却怎么也平静不下来。崭新的课桌、陌生的面孔，还有精致的校服，都让她有种不踏实的感觉。

这些，原本属于那个素未谋面的女生，现在却融入她的人生。

楚艾钰的心底升起一丝怅然，握着笔的手下意识用力，却没想到手一滑，碳素笔直接弹了出去，擦着于浅宸的T恤掉在地上。

楚艾钰吓了一跳，压低声音道歉："对不起，对不起，我不是故意的。"

于浅宸默不作声，眯着眼睛打量着眼前的女生，一副漫不经心的模样。

"不如……你把衣服脱下来我给你洗吧。"楚艾钰懊恼地盯着那一道碳素笔划痕，无奈地说。

"可以是可以，不过你害我输了游戏……"于浅宸挑了挑眉。

"啊？"楚艾钰这才看到他课桌下藏着的手机。原来他一直在玩手游！居然还装作一副认真听讲的模样！

下课铃声适时响起，赵老师刚离开教室，同学们便活跃起来。楚艾钰也松了口气，无视于浅宸，直接起身走出了教室。可是她刚走到门口，便被人堵了个正着。

"微笑，你好，我是冯欣欣，我们一起去吃午饭吧！"

"同学，你课本是不是还没领啊？我陪你去吧！"

"微笑，你怎么会转来星禹高中啊？"

眼前的面孔重重叠叠，声音混杂，让她无法呼吸。在明远高中，她一直扮演着一个可有可无的角色，被人忽视。虽然期待过和别人打成一片，可现在，大家的热情却让她喘不过气。

三月下旬的天气有些潮湿，再加上这道密不透风的人墙，楚艾钰只觉胸口发闷，额头也布满了细密的汗。

她太紧张了，一紧张就肚子痛。

于浅宸在教室里看到这一幕，没有多想，直接走了出来。他走到楚艾钰身边，冷冷地扫了一眼挡在面前的同学，大家被他周身散发的低气压震慑住，识趣地让出一条路。

于浅宸走出几米后，扭头看了楚艾钰一眼，指着袖口处的污渍说："不是要洗衣服吗？"

楚艾钰愣了一下，朝着同学们干笑一声追了上去。

正午的阳光不免强烈，明晃晃的有些刺眼，楚艾钰亦步亦趋地跟在于浅宸身后，百无聊赖地踩着他投在地面上的影子。

影子突然不动了，楚艾钰连忙停住，慌乱地低下了头。心里暗想，还好自己反应快。

于浅宸转过身，看到她低着头一副可怜兮兮的模样，脑海里突然浮现七岁那年，初见她的场景。

"小弟弟，不要怕，打针不疼的。"

"你是男子汉，要是哭的话会丢人的。"

七岁那年冬天，他得了重感冒，被家里的阿姨带到医院急诊室抽血化验。也不知道她是从哪儿冒出来的，一口一个"小弟弟"地叫他，害得他把眼泪硬生生地憋了回去。

"你不会说话？"女孩见他不说话，好奇地问。

"当然会！"他扬起下巴反驳，突然感觉臂弯里一阵凉意。

"哇，还真的会说话！"她眼睛里漾着笑意，佯装开心的样子。

"小朋友，已经抽完血喽，真勇敢。"护士姐姐笑着说。

这么快？他好像没有任何感觉。

"不疼吧？我打过很多次了，不会骗你的。"她甜甜地笑了笑，露出一排整齐洁白的牙齿。

……

"你不会说话？"记忆中的小女孩突然变成眼前的少女，于浅宸怔了一下，脱口而出。

“啊？”楚艾钰被问得一头雾水，完全不知道他话里的意思，看着他一脸严肃的表情，楚艾钰只觉得浑身不安。

这个人好像很喜欢莫名其妙地生气。

气氛有些尴尬，于浅宸轻咳一声默默地转过身往前走，楚艾钰没有多想直接跟了上去。

“不要再跟着我了！”于浅宸皱了皱眉。

她就是不会说话，肚子痛成那样都不说。他本来懒得管她，可自己偏偏无法对她一只手捂着肚子，满脸痛苦的样子置之不理。

他真想问问她，当时那股趾高气扬拦在他面前的嚣张气焰去哪儿了？

“你……不是让我帮你洗衣服吗？”

“我就这么一件衣服，脱下来光着身子吗？”

“我……”楚艾钰顿住脚步，被反问得哑口无言。为什么每次和于浅宸说话，自己的智商都不够用呢？

于浅宸冷哼一声，连头都没回，直接快步离开，楚艾钰叹了口气，似乎不知道到底哪里得罪他了，情绪这么阴晴不定。

肚子还在隐隐作痛，她下意识地环顾四周，突然发现自己竟来到了洗手间门口。

从洗手间出来后，腹痛缓解了不少，楚艾钰准备去食堂吃午饭，走到门口才想起自己忘带饭卡。

“学姐！学姐！”

不远处响起了熟悉的声音，楚艾钰循声望去，在看到叶萧凌的一瞬间只想离开。

她才不想惹这个撒谎精！

可是叶萧凌早就发现了她，一路小跑过来抱住她的手臂："我刚刚去教室找你，他们说你不在。没想到在这儿碰到你，中午一起吃饭吧！"

楚艾钰来不及拒绝，叶萧凌已经一厢情愿地挽着她的手往食堂走："风叶食堂很棒的，比箬水食堂的花样多，你肯定喜欢。"

叶萧凌一副自来熟的样子，向楚艾钰介绍起星禹高中的食堂。

箬水食堂是星禹高中最大的食堂，但位于生活区，不太方便。而风叶食堂距教学楼比较近，大多数学生都喜欢来这里吃饭。说是食堂，倒不如用美食广场形容更为贴切。一楼是普通窗口，学生排队打饭。二楼则是琳琅满目的各式小吃，摊位上写着 ×× 特色小吃，很多她都没见过。

"怎么样？你想吃什么？"叶萧凌看着心不在焉的楚艾钰，想了想说，"要是不喜欢的话，我们去三楼看看？三楼是西餐，也挺好吃的。"

楚艾钰连忙拉住要往三楼走的叶萧凌，随意点了一家："要不就沙茶面吧？"还是吃面容易消化，也不容易发胖。叶萧凌笑得一脸灿烂，跑到摊位前点了两碗沙茶面。楚艾钰坐在餐桌旁，被旁边窗口点餐的女生吸引住视线。

好像是同班同学？她想上前打个招呼，却发现连对方的名字都不知道，只得打消了这个念头。

"学姐，你看什么呢？"叶萧凌端着沙茶面，顺着楚艾钰的视线看过去，"咦，那不是夏晚晚吗？"

"原来她叫夏晚晚啊，你怎么会认识她？"楚艾钰好奇地问。

叶萧凌将沙茶面放到餐桌上，迫不及待地尝了一口：“这个学校的学生应该都认识她吧？”而且她还三不五时地跟在哥哥身边，有够讨厌的。

楚艾钰没有理会她的话，将全部的注意力放到纤弱的夏晚晚身上。

夏晚晚拿着餐盘穿过人群，走到最角落的餐桌旁，战战兢兢地坐了下来。那一桌坐着三个女生，不知道对她说了什么，她又起身到摊位前拿了一些调料。过了一会儿，她又急匆匆地跑到餐具柜旁拿筷子，换勺子，反反复复好多次。

恍惚间，楚艾钰看到曾经的自己，那么不起眼、百般讨好别人、如履薄冰的自己。

她愤愤不平地对叶萧凌说：“那些人明显在欺负她啊。”

楚艾钰看得清清楚楚，那三个女生就是在明目张胆地捉弄着夏晚晚，可周围，却没有任何一个人对她施与援手，甚至还有人发出轻蔑的笑声。

叶萧凌用勺子喝了口汤，咂了咂嘴：“味道不错！”她见楚艾钰一脸气愤，这才想起来回答她的问题：“你说的是黎槢莉她们吧？很正常，别管了。快点儿吃饭吧，沙茶面都快冷掉了。”

楚艾钰想去帮一下夏晚晚，可刚来到新的环境，强出头的话，未必会帮到她，想了想，还是放弃了。

吃过午饭，叶萧凌又拉着楚艾钰逛了一下校园，滔滔不绝地介绍着星禹高中的每一个角落，那态度敬业得如同专业导游。中途，楚艾钰几次想问她和于浅宸的事，但一想到这是揭人伤疤，又忍了下去。

回到教室时，课桌上竟然多出一摞崭新的课本。楚艾钰看了一眼四周，三三两两的同学趴在课桌上午睡，也不知道是谁这么好心。

她轻轻地拍了拍于浅宸，低声问：“那个……课本是谁帮我领的啊？”

“不知道。”于浅宸趴在桌子上，看都没看她一眼。

楚艾钰嘟囔着：“不知道就不知道嘛，脸这么臭干什么。”

声音很轻，但于浅宸还是听到了。

三月的风吹拂在脸上，带着万物生长的清香，窗外的阳光落在他浓密的睫毛上，于浅宸安心地松了一口气，缓缓地闭上双眼。

楚艾钰不再理他，翻开课本在扉页写下自己的名字。墨水浸透纸张，很快风干，只留下娟秀的“韩微笑”三个字。她用指腹轻轻地摩挲着，浅浅地笑了。

你好，韩微笑，请多多指教。她在心里默念。

班主任赵洁担心她换了新环境不适应，特意在下午上课前找她谈心。聊着聊着就说到了于浅宸，夸他脑子活络，学习能力强。楚艾钰微笑着点头，心里却默默地反驳。

在她眼里，于浅宸就是一个上课开小差、标新立异、不合群的“怪人”。

说曹操曹操到，当事人很快出现。于浅宸打着喷嚏来到办公室，心里盘算着赵老师为什么在这个时间点找他。

“浅宸，你来了，等一会儿啊。”赵老师似乎对楚艾钰有说不完的话，“我还有一些事要嘱咐微笑。”

“嗯，好的。”于浅宸点了点头，默默地站在一旁，一副乖学生的样子。

又聊了几分钟，赵老师才结束了谈话：“微笑，以后遇到困难，一定来找老师。”

楚艾钰不住地点头，离开办公室时，恰好听到赵老师和于浅宸聊自主招生的事情。

“这次缺考了自主招生，实在可惜，能告诉老师是什么原因吗？”

“有点儿紧张，所以放弃了。”

楚艾钰“喊”了一声，摇了摇头。

这胡诌的借口。

星禹高中的教学进度很快，她来到高二（5）班的第一天，课程就已经完成了三分之一。所以这三分之一，楚艾钰要自己补上。

下午第一节课是数学课，但数学老师临时有事，把这节课改成了自习。项元很热情，主动将笔记借给楚艾钰。

“环境……环境渲柒、环境渲染……”楚艾钰看着上面龙飞凤舞的字迹，很是无奈。光是把这些鬼画符的字组合成一句话就花了她好几分钟，要是把这一页看完，都不知道要花多久。

“我忘了做笔记，先借我抄。”话音刚落，于浅宸毫不客气地去抢项元的笔记本。

“先来后到。”楚艾钰按住笔记本，拒绝道。

两个人毫不相让，逐渐加重了力气。“刺啦”一声，笔记本一分为二。

“于浅宸。”楚艾钰压低声音。

于浅宸耸了耸肩，从抽屉里抽出自己的笔记本塞到她手里：“这样可以了吧？”

理所当然的语气，一点儿歉意都没有。

“你难道不该道歉吗？”楚艾钰瞥见于浅宸面前的化学笔记本，越发生气。他明明在做化学笔记，为什么要来抢语文笔记本？难道不是存心找她麻烦？

见于浅宸没理她，楚艾钰直接将笔记本还了回去，试图用胶水将破损的笔记本重新粘好。结果，一个不留神，又被于浅宸夺了过去撕成两半！

楚艾钰气恼地指着他："于浅宸！你到底想干什么？"

"你不知道这样做，最里面的字会被粘住吗？"于浅宸晃了晃笔记本，"用书皮包一下就好了。"他在书皮上糊了一层胶水，将封面粘住。这样一来，虽然笔记本中间还是断裂的，但靠着封面，整体却是相连的。可即便于浅宸将功补过，楚艾钰还是不想原谅他。她讨厌于浅宸做错事不肯认错的固执。而且要不是他无缘无故地抢笔记本，也不会闹出这么多事。

下了课，楚艾钰将笔记本还给项元，不住地道歉。项元嘿嘿地笑着，没有计较。回到座位时，她发现课桌上放着一本眼熟的笔记本。

于浅宸若无其事地说："看完记得还给我。"

他就是嘴硬，想用这种方式道歉。不过既然把项元的笔记本还回去了，她也没必要硬撑，毕竟于浅宸是学神级别的人物，看他的笔记利大于弊。可是她没想到的是，一向吊儿郎当的于浅宸，字迹却很干净利落，而且用不同颜色的荧光笔对重点做了标注和延伸。

笔记做得如此用心，难怪他的成绩一直名列前茅。

转学真是一件非同小可的事，整整过了一个月，楚艾钰才缓过神。

而且这段时间，她经常被班主任约谈，询问她是否习惯星禹高中的教学方式，然后嘱咐她要尽快适应快节奏的学习。每当这个时候，楚艾钰就会觉得不舒服，班主任太过负责和热情，她反而有些不适应。

楚艾钰摇了摇头，想把脑海里乱七八糟的想法抹去，走出图书馆时，却看到站在门口的陈希。

为了追赶进度，楚艾钰会提前到学校，然后去图书馆刷题、背单词。虽然林玥芬叮嘱了很多次，让她有不懂的问题就找陈希，可她一次都没找过。

一来，她不想耽误陈希高三争分夺秒的黄金时间。二来，于浅宸早就将问题解决了，虽然每次都要先嘲讽她一会儿，但还是会耐心地讲解。

说起来，自从上次“笔记本”事件后，楚艾钰和他的关系缓和了很多，偶尔还会开开玩笑。于浅宸这个人，虽然嘴毒又傲慢，但心地还是很好的。

“微笑？好久不见。”陈希笑了笑，“你在发呆？”

楚艾钰回过神，不动声色地转移了话题：“没有啦……你来……还书吗？”视线定格在《小提琴演奏艺术》上，她怔了一下，半晌说不出话。

陈希低头看了一眼怀里的书，淡淡地说：“嗯。”他似乎还想说些什么，却被刚好经过的女生打断。

“班长？”女生似乎有些诧异，“来还书吗？快上课了。”

“既然你还有事，那我先走了。”楚艾钰下意识地逃离，没有听到身后的对话。

“班长，你借的是什么书啊？《小提琴演奏艺术》？”

“是徐静的，她有事，让我帮她还一下。”

“啧啧啧，又是徐静，她是不是喜欢你啊？”

“怎么会？你还是少看点儿小说吧。”

教学楼和图书馆之间有一定距离，楚艾钰跑回教室时已经过了上课时间。可她发现除了于浅宸，剩下的人都不知道去哪儿了。

“于……浅宸，难道今天不上课？”楚艾钰有些诧异。

“不是说过上午第一节课体检吗？”于浅宸瞥了一眼她额角的细汗，扔下手里的书就往门外走。

体检？好像……班主任有说过。楚艾钰敲了敲不长记性的脑袋，急忙追了上去：“在哪儿体检来着？”

于浅宸递给她一张体检单：“做你同桌真麻烦。”

明明是怕她错过体检，特意等着她，却还是这么毒舌。不过楚艾钰知道他的心思，默默地道了声谢：“谢谢你啊，我下次一定长记性。”

于浅宸冷哼一声，不再理她，嘴角却勾起一个好看的弧度。

体检的地点就在医务室，他们赶过去后，发现除了血液科，其他的科室外都排起了长龙。

楚艾钰左看右看，无奈道：“先去验血吧，这样还能早点儿吃饭。”

为了赶时间到学校，她连早饭都没吃，也幸好她没吃，不然的话，肯定会错过这次体检。

血液科的医务人员操作熟练，可前面的人紧张到扭曲的脸还是让她捏了一把汗。

“下一个。”

楚艾钰深吸一口气，忐忑地走上前。下一秒，她的眼前突然出现一双白皙的手……

直到医务人员说“可以了”，她才反应过来。回过神时，一旁排队的同学正饶有深意地打量着她，可偏偏于浅宸一脸肃然，仿佛什么事都没有发生。她望着于浅宸，内心充满疑惑，完全不能理解他刚才的举动。

在她伸出右手，准备抽血的那一刻，于浅宸捂住了她的眼睛。

“要是你害怕的话，就闭上眼睛，看不到就不会害怕了。”

“来，我帮你。”

脑海里回响起那个稚嫩的声音，于浅宸望着楚艾钰的眉眼有些出神：“看不到就不会害怕。”

人声鼎沸，楚艾钰看到于浅宸的唇瓣动了动，却没有听清他说了什么，只捕捉到最后两个字。

害怕？于浅宸在嘲笑她害怕吗？她虽然有些紧张，但抽点儿血而已，不至于到害怕的地步。

回去的路上，气氛有些尴尬。

楚艾钰看着体检报告单上自己的体重，心中涌起一丝复杂的情绪。那个自卑的、胖胖的自己，被她封存在久远的过去，再也不会出来了。

自从上次体检后，于浅宸一直躲着她，可没过几天又像没事人一样嘻嘻哈哈地和她开玩笑。楚艾钰习惯了他的阴晴不定，主动忽略了上次的事。

除了阴晴不定的于浅宸，楚艾钰发现班里存在很多“奇怪”的人，比如被人孤立的夏晚晚和总是欺负夏晚晚的黎槿莉。

刚刚进入夏天，天气却异常闷热，今天午休时，空调出了故障，一直搁置的吊扇终于派上了用场。可是吊扇发出的声音让大家烦躁得睡不着。

黎檑莉百无聊赖，想着找点儿乐趣。她见前桌的夏晚晚还没睡着，便戳了戳她的后背：“晚晚，学校新开了一家甜点店，正好下午的体育课取消了，你一会儿帮我买一杯珍珠奶茶吧。”

夏晚晚后背顿了一下，垂下头轻轻地说：“好。”

很多时候，黎檑莉会在众目睽睽之下欺负夏晚晚，而夏晚晚每次都选择全盘接受。

楚艾钰见到过很多次，要不是考虑到自己转学生的身份，她早就冲上去帮夏晚晚了。

空气中的氧分子被暴烈的光包裹着流进神经末梢，楚艾钰看了一眼置身事外的同学，从他们麻木的眼睛里看到了同样麻木的自己，不禁心头一震。

夏晚晚总是让她想起曾经被别人捉弄，却从来不敢说“不”的自己，如果那时，有人愿意站出来帮她，或许她不会变得那么自卑和恐惧。

楚艾钰揉了揉滚烫的脸，看向不远处的体育委员柳致飞：“体委，咱们下午的体育课取消了？”声音不大不小，正好能被全班人听到。

柳致飞用食指撑着篮球，满意地看着它匀速旋转：“没呀，谁乱说。”

他没有看到前因后果，当然不会发觉楚艾钰和黎檑莉之间弥漫着的无声硝烟，只是顺口回答道。

黎檑莉下不来台，脸色变得很难看，她不自在地干笑着：“是……是吗？那没准是我记错了。晚晚，你不用去了。”

夏晚晚很平静，或许她早就知道这是黎檑莉的恶作剧。可是午休结束后，她还是选择往操场反方向的甜品店走去。

楚艾钰拉住她，疑惑地问："夏晚晚，都说体育课没有取消，你怎么还去？"

夏晚晚停下脚步，回头看了看她，冷漠地说："你不要多管闲事好不好？"如果她逆来顺受，黎槿莉或许会放过她，但是被别人插了一脚，黎槿莉只会更愤怒，加倍欺负自己。

"多管闲事？黎槿莉明明在捉弄你啊！"

"我知道。"夏晚晚甩开她的手，"但是与你无关。"

"与你无关"四个字掷地有声，楚艾钰茫然地站在原地，心底一片荒凉。

果不其然，夏晚晚缺席了体育课，体育老师很生气，斥责她没有校规校纪，要在点名册上记下她的名字。

很明显，夏晚晚不止缺席过这一节课。也不难想到，因为黎槿莉，体育老师早就将她定义成"不思进取的坏学生"。

队列里有人发出幸灾乐祸的笑声。

"报告！"楚艾钰几乎没有任何犹豫，向前跨出一步。

"什么事？"体育老师皱了皱眉。

"夏晚晚身体不舒服，让我和您请假。"不知道夏晚晚为什么拒绝她的好意，可是只要一想到那天她在食堂红着眼眶的场景，楚艾钰就想站出来替她说话。

"请假？"体育老师盯着楚艾钰，见她表情诚恳，点了点头，"那下次把证明和请假条开来，我再划掉扣分记录。"

"是！"

体育课照旧是先跑两圈，然后自由活动。于浅宸篮球打得心不在焉，不时地望向草坪。

女生们三三两两地坐在草坪上聊天，楚艾钰却像被孤立似的，一个人坐在角落里念念有词地背着单词。

“看什么呢？”蒋黎欢顺着他的目光望过去，啧啧两声，“你的同桌好像惹了大麻烦，居然敢为夏晚晚出头。当时黎槢莉的表情和吃了苍蝇一样难看，要是下节课韩微笑拿不出请假条，肯定被老师骂！”

项元不怕死地调侃：“怕什么，于同学也为夏晚晚出过头啊。”

“那哪能一样啊，黎槢莉喜欢咱们于同学，什么都能包容，可韩微笑……”蒋黎欢被于浅宸瞪得毛骨悚然，识趣地捂住了嘴。

柳致飞见他们几个人都在发愣，直接将篮球砸了过去：“干什么呢？快来打球！”

“打球打球。”蒋黎欢和项元连忙找了借口脱身。

记忆力不好，反应迟钝，多管闲事的毛病也没改。于浅宸将视线收回，拿着篮球追了上去。

天气闷热，体育课结束后，大家赶去超市买饮料。李婷挽着黎槢莉的胳膊，一边往超市走一边说：“槢莉，韩微笑实在太过分了，居然当众让你下不来台。你看她一来，项元他们都围着她转。而且你看她还在眼尾画蝴蝶，妖里妖气的……”

李婷是班里和黎槢莉走得最近的学生，也最懂黎槢莉的心思，为了表明自己的立场，自然是要多说楚艾钰的不好，讨黎槢莉欢心。黎槢莉冷哼一声，看见不远处走进超市的女生，眼里生出一丝厌恶。

楚艾钰刚打开冰箱，没等她把可乐拿出来，冰箱门又被一股强劲的力道按了回去。

“于浅宸！你干吗？”

于浅宸从身后的货架上抽出一瓶核桃牛奶塞到她手里：“碳酸饮料对身体不好，核桃有益于补脑和增强记忆力。”说完，他点了点太阳穴，表情认真。

补脑？她觉得于浅宸真的该吃药了。

楚艾钰将核桃牛奶塞回于浅宸手里，可他挡在冰箱面前，根本不给自己拿可乐的机会。

“不喝了行吗？”楚艾钰扭头走出超市，没看见身后于浅宸落寞的眼神。

她是真的忘记了，忘得干干净净。

第四章 两颗缺爱的心

楚艾钰去星禹高中之后，虽然走读，每天晚上都会回家，可林玥芬还是觉得孤独。

上周，她找了一家福利院，抽空就去当义工，往往一去就是一整天。今天是周日，林玥芬本想在家里陪陪楚艾钰，却接到了院长的电话。

原来有员工请假，福利院忙不过来，请她去帮忙。

韩栋在外地出差，还有半个月才回家，所以林玥芬刚一离开，楚艾钰便悄悄潜入书房。

她抱着试一试的心态找到了箱子，可是箱子上只有四个密码环，也就是说密码是四位数。

上次回家，林玥芬和她说起韩栋年轻时的趣事，谈到韩栋格外重视两个人的纪念日和生日，经常将她的生日做密码。她忐忑地将旁敲侧击得来的日期输了进去。

结婚日期和韩栋的出生日期都不对，那么林玥芬的出生日期呢？

楚艾钰蹲在地上，紧张地输入最后一串数字，箱子应声打开。

一本相册？

她不敢相信自己的眼睛。她仔细看了看，箱子里除了照片还是照片。

照片上都是那个叫韩萱然的女孩，从呱呱坠地到十七岁，每一张照片后面都标注着日期。

陈婶说，自从韩萱然离世后，韩栋怕妻子伤心，把韩萱然生前用过的物品全部藏了起来。

难道他每次把自己关在书房，就是为了偷偷思念女儿？楚艾钰有些失落，她以为自己接近了真相，却没想到是这个结果。

相册里没有什么异常，楚艾钰叹了口气，刚想将相册放回原位，却发现一张夹在相册里的照片和无比熟悉的面孔。

“妈——”

照片里的女人的确是妈妈，除了更瘦一些，她的样貌几乎没有变过。

妈妈和林玥芬，还有一个她不认识的女人。这个女人仿佛拥有异域血统，深棕色的头发，眼窝极深，双目大而有神。

楚艾钰只看了一眼，便觉惊艳，还有一见如故的错觉。她们和妈妈挽着手站在梧桐树下，照片泛黄，充满年代感。

这么说来，妈妈和林玥芬真的认识，似乎还是朋友？这是不是能够证明妈妈确实收到了林玥芬的邀请？

既然如此，游艇事故后，林玥芬为什么对她们不闻不问，不追查妈妈的下落？按照她的性格，必然会来医院探望朋友的女儿，可从始至终都只有韩栋在幕后给予帮助。

所以，他们做贼心虚？又或者，林玥芬知道她是曾珈的女儿，出于内疚留下了她，对她呵护备至？

越往深处想，楚艾钰越觉得恐惧，她想揭开林玥芬这张伪善的面孔，找到真相。

一连几天，楚艾钰都提不起精神，虽然回到韩家时她会装作一副若无其事的样子，内心却是满满的厌恶。

“学姐，你想什么呢？”叶萧凌推了推正在发呆的楚艾钰，“你要的病假证明，我开来啦。”

楚艾钰回过神，看了一眼上面潦草的字迹：“模仿得不错。”有了这张证明，夏晚晚体育课的事情就解决了。

“学姐，你怎么这么聪明，一眼就看出是我模仿的。”叶萧凌噘了噘嘴，很快转移了话题，“我新入手了一批手办，这周六来我家参观吧！”

“这周六应该不行，我有事。”楚艾钰皱了皱眉头，想都没想便拒绝了。

“那周日嘛，就周日吧，好不好？”叶萧凌没完没了地撒娇，“明明都说好了，我要是搞定夏晚晚的证明你就答应我一个要求。不许耍赖！”

楚艾钰拿她没办法，只好同意：“行行行，那就周日。”

“太好了！”叶萧凌大叫一声，开心地抱住了她，“周日哦，一言为定！”

“好好好，一言为定。”

周六上午，林玥芬像往常一样出了门。

楚艾钰悄悄地跟在她身后，本想寻找一些线索，没想到林玥芬突然返回家拿钥匙，和她撞了个正着。

楚艾钰随便扯了个理由，谎称也想去福利院做义工，林玥芬没有多想便同意了。

到了福利院，林玥芬准备烤点儿小蛋糕，楚艾钰在一旁帮忙。孩子们围在她们身边好奇地巴望着，林玥芬从烤箱里拿出烤好的蛋糕分给他们，脸上一直挂着温柔的笑容。

“姐姐，给你。”一个七八岁的小女孩将蛋糕递给楚艾钰，心满意足地笑着，仿佛得到了整个世界。

院长说，福利院的烤箱是前阵子林玥芬特意配置的，除此之外，她还给孩子们添了很多衣服，孩子们非常喜欢她。

孩子是最单纯、不会撒谎的，楚艾钰看得出来他们很喜欢林玥芬，不然也不会叫她“林妈妈”。她开始动摇，不知道是应该继续怀疑，还是选择相信。

吃过蛋糕之后，林玥芬陪孩子们做游戏，楚艾钰心情烦闷，偷偷溜了出来，无意间发现一面贴满便利贴的墙面，上面密密麻麻写满了字，仔细一看，歪歪扭扭的字迹下是孩子们美好的心愿：警察、科学家、糕点师、魔术师……

她觉得很有意思，一张一张地看着，忽然看到熟悉的笔迹：希望孩子们幸福快乐，于浅宸。

她揉了揉眼睛，确定自己没有看错。

“你认识小宸？”院长走到她身边。

“嗯，他是我同桌。”楚艾钰点了点头。

院长笑了起来：“小宸很善良，很温柔，这面心愿墙，就是他的主意。上次苒苒走丢了，还是他找到的，却也因此错过了自主招生的考试。”

考试？楚艾钰突然想起之前赵老师和于浅宸的谈话。原来他是因为这件事错过了考试，可是为什么不解释呢？而且，于浅宸也从来没有跟她说过在福利院做义工，但看院长的样子，好像认识他很久了。

“院长，于浅宸也在这里做义工吗？我怎么没有看到他？”楚艾钰犹豫了一下，还是决定将疑惑说出口。

“义工？”院长摇了摇头，“他不是这里的义工，而是这些孩子的哥哥。”

“哥哥？”楚艾钰吓了一跳。

见她一脸诧异，院长笑了笑：“不是你想的那样，小宸是有家人的。”

原来，于浅宸很小的时候妈妈就去世了，爸爸又一直在商场上打拼，忽略了他。

八岁那年，他偷偷溜出家门来到了福利院，是院长收留他，给了他关爱。

虽然后来被家人领了回去，可他一有时间就往福利院跑，直到现在，他还是会到福利院看看这些孩子和院长。

知道这些事后，楚艾钰心里五味杂陈。她一直觉得于浅宸一定是被家人宠坏了，才会这样阴晴不定，蛮横霸道。没想到，他蛮横霸道的外表下，竟然是一颗缺少关爱的、脆弱的心。

楚艾钰想了想，在心愿墙上端端正正地写下一行字：于浅宸，你一定要幸福啊！

抵不过叶萧凌的盛情邀请，第二天上午，楚艾钰如约来到她家里。

两人宽的玻璃柜里摆放着琳琅满目的珍贵手办，一眼望过去，阵仗十分浩大，细看下，各个手办做工逼真，像活过来一样。

“这些手办都是我的朋友。”叶萧凌兴致勃勃地向她介绍着，“柯南，你肯定认识吧？这个是龙猫，是不是很可爱？还有这个，这个你肯定知道！”

叶萧凌拿起挥剑的银魂，粗着嗓子模仿他的声音：“我这把剑所能触及的地方，就是我的国家。”

话音刚落，她又晃了晃手中戴着草帽笑得龇牙咧嘴的路飞，骤然拔高了声音：“我要成为海贼王的男人！”

叶萧凌扎着俏皮的丸子头，穿了一身樱粉色的洛丽塔洋装，看上去娇小可爱。可她滑稽的表情，还是让楚艾钰笑出了声。

叶萧凌看到她开心的笑容，很有成就感，又觉得意犹未尽，神秘兮兮地拉着她走进一个房间，准备拿出自己的撒手锏。

“偷偷告诉你，这是我哥的房间。”叶萧凌压低声音，凑到她耳旁说。

灰色基调的房间里贴着篮球海报，桌上规整地摆放着建筑模型，看起来的确是男孩子的房间。

楚艾钰好奇地问：“那你哥呢？没在家吗？”

“于浅宸不喜欢这里，所以基本不回来。”叶萧凌情绪有些低落。

“于浅宸？他是你哥？”楚艾钰拿着的手机险些摔下，她一直以为叶萧凌和于浅宸的关系不一般，没想到他们竟然是兄妹！

“他果然没有告诉你，看来他真的讨厌我，不希望别人知道我们的关系。”叶萧凌顿了顿，眼里的光暗了下去，“其实，我和于浅宸没有血缘关系，是于爸爸收留的我和妈妈。于浅宸很讨厌我，从我来了以后，他就不愿意回家了。”

第一次见到于浅宸时，叶萧凌就知道他讨厌自己。那天是于浅宸十一岁的生日，她满心欢喜地问他想要什么礼物。他沉默了很久，开口却是“我要你永远离开”这句无情的话。

“那上次在凉亭？”

“那是因为他知道我考来星禹高中很生气，因为他不想看到我，有够可恶的！”叶萧凌从鼻子里哼了一声，“不过我相信，总有一天我会‘征服’他，让他喜欢我的！”

她愤愤地说，眼里熄灭的光重新亮了起来。

叶萧凌果真是大大咧咧的性格，喜怒都来得容易，前一秒还因为于浅宸伤心，下一秒又恢复了活力，嚷嚷着为了报复，要把于浅宸收到的情书全部找出来给她看。

楚艾钰看着她翻箱倒柜地找情书，嘴里还念叨着于浅宸的坏话，只觉有趣。

不经意间，她瞥到书桌上的相框，相框里竟然是上次她在韩家看到的照片。

妈妈、林玥芬和另外一个女人。

这张照片出现在这里，难道说……

“这是小宸的妈妈。”

“爸爸！”楚艾钰还没反应过来，叶萧凌就跑了出去，一把抱住站在门外的男人，“你今天下班好早啊，我都不知道你回来。”

楚艾钰回过神，将相框放回原位，礼貌地颔首微笑：“于叔叔好。”

“小宸妈妈只留下这张照片，所以他一直视如珍宝。”于之行宠溺地揉了揉女儿的头发，顺口说道。

原来照片里那个陌生的女人是于浅宸的妈妈，这么一看，于浅宸和他妈妈长得真像，怪不得她总觉得照片上的女人眼熟。

“时间过得太快了，上次见到你时，你才七岁。”于之行笑了笑。

楚艾钰知道于之行一定把自己当作韩萱然了。

“那照片上的这个阿姨是谁啊？”楚艾钰试探性地指了指她的妈妈曾珈。

于之行看了看：“我听阿昉说过，这两个人是她初中最好的朋友，不过她经常提起玥芬，这个人我倒是没什么印象，怎么了？”

“没什么，我就是有点儿好奇，林……妈妈很少提起她以前的事。”

“哦，这样啊。”似乎不愿意提起伤心事，于之行不动声色地转移了话题，“听说你是小宸的同桌？”

“是的。”楚艾钰点点头。

"那……你知道小宸上次为什么缺考吗？"于之行犹豫道。

楚艾钰在心里犹豫再三，不知道该不该把真相告诉于之行。

如果于浅宸知道她说出了真相，一定会大发脾气。可他瞒着所有人，只会让关心他的人遍体鳞伤。横亘在父子俩之间的沟壑，也只会越来越深。

于之行叹了口气，自嘲地笑了笑："我这个爸爸当得很不称职吧，还得通过你知道他的情况。"

"于叔叔，您别多想。时间久了，于浅宸会理解你的。"思前想后，楚艾钰决定将于浅宸缺考的前因后果都告诉于之行。

"来操场一下，我有话对你说。"

于浅宸看着说完这句话就转身离开的韩微笑，实在不明白她葫芦里卖的什么药。

难不成是她良心发现，要给自己赔礼道歉？于浅宸笑了笑，慢悠悠地走出教室，却下意识地加快了脚步。

正是午休时分，操场上空无一人，他看了又看，也没看到韩微笑的身影，难道是她的恶作剧？于浅宸刚想离开，身后却响起了熟悉的声音。

"小宸——"

于浅宸的后背顿了一下，却没有转过身。

"你好久都没有回家了，我只好来学校找你。"于之行主动示好，"钱还够用吗？给你的钱你好像都没有动过。"

于浅宸握紧拳头，漠然道："家？从你把那个女人领回来的那一刻，我就没有家了。"

“都是我的错，你怪我也好，恨我也罢，可是不能拿自己的前途开玩笑。”于之行痛苦地说，“我联系了一个老朋友，帮你争取了名额，不需要自主招生也能保送国外……”

“除了钱和走后门，你还会什么？”于浅宸猛地转过身，打断他的话，“真不知道我妈为什么嫁给你。”

或许是盛夏的天气过于燥热，或许是这句话揭开了伤疤，一向好脾气的于之行也怒气陡生：“小宸！你……”

于浅宸心底一片凄凉又带有快意，他就是要拂逆这个男人，让他气急败坏。

楚艾钰躲在不远处的槐树后，无奈地看着于之行被于浅宸气得转身离开。

是于之行让她帮忙的，她本来觉得这是父子俩难得的机会，现在看来，是她错了。

第五章 愿你的世界再无云翳

两个月后，星禹高中结束了高二下学期的期末考试。

这次的考试，楚艾钰只考了班级十五名，虽然语文和英语成绩优异，理综的成绩排名却接近班级末尾。

赵老师亲自帮她分析原因，安慰她不要心急，慢慢来。当被问及为什么选择理科时，楚艾钰哑然。如果她告诉赵老师，当初选理科，就是听了妈妈“读理科才有发展前途”的话，老师应该会觉得她没有主见吧？

“读文科没有出息，读理科以后可以当工程师、医生什么的，而且钱还赚得多，有机会接触到大人物。”妈妈的话潜移默化地影响了她的选择，现在被赵老师这么一问，她才惊觉自己从来没想过这个问题。

“微笑，其实你在文科上是有天赋的，作文的角度独特，很有自己的见解。你选择理科，也许有其他的考虑，但老师想说……”面对她的沉默，赵老师犹豫道，“一定不要让别人左右了你的选择。”

她的选择？回家的路上，楚艾钰一直思考这个问题，却迟迟没有答案。她习惯性地拨了拨刘海，却发现自己早就将刘海梳上去，露出光洁的额头。以前，她习惯留着厚厚的刘海，用长发遮住脸颊，连走路的时候都会低着头。

可韩萱然没有一丝碎发，白皙的鹅蛋脸时刻洋溢着阳光干净的笑容，所以楚艾钰照做了。所有能模仿的细节，她一点都没有遗漏。

“天这么热！真想召唤后羿把太阳射下来……”楚艾钰长长地呼了一口气，回头看向校门旁挂着的红色横幅：热烈祝贺我校陈希同学荣获繁都市理科状元。

陈希担任学生会主席，平时还会在校外兼职贴补家用，即使这样，他还是考出了全市第一的好成绩，不得不让人佩服。

像他这样的人，一定清楚自己的选择吧？楚艾钰叹了口气，勒紧了书包带。包里的手机突然振动了一下，是陈希的短信：林阿姨让我问你什么时候回家。

楚艾钰盯着这条短信看了又看，突然意识到陈希回来了。

高考成绩公布后，林玥芬和韩栋就想在家里为陈希办一场“升学宴”。可是那段时间陈希参加了学校组织的夏令营活动，一直在外地。所以，他们决定等陈希回来之后再说。

楚艾钰没有回复，脚下却加快了速度。过十字路口时，可能是她太心急，手一滑，抱着的课本散落一地，被少年骑着的深蓝色单车轧出一道深深的印记。

“于浅宸！”她看着少年绝尘而去的背影气急败坏地喊，“你神经病啊！”

喊完这句话后，楚艾钰无奈地叹了口气，默默地蹲下身拾起课本。说起来，他们已经很久不说话了。上次于浅宸从操场回来之后就和项元换了座位，他们之间的关系一度冷到了极点。

“于浅宸，我没有骗你啊，‘有话对你说’又没有指明是谁……”她自言自语地说。虽然这个借口确实很强词夺理，可于浅宸一直躲着她，她根本找不到机会解释清楚。

天气很热，耳畔萦绕着聒噪的蝉鸣，楚艾钰一路踩着香樟树墨绿色的阴影走在柏油路上，不知不觉额头已经冒出了细细的汗珠。去年夏天，她也在偶然间经过了这条柏油路，却没有想到有朝一日它会成为自己的必经之路。

韩家离星禹高中并不远，慢慢地走上半个小时，那栋标志性的欧式建筑就出现在眼前。楚艾钰回到韩家时，陈希正坐在客厅的沙发上看着电视。不过看他的表情，剧情显然不吸引人。

楚艾钰想，陈希或许在出神地想着某个实验流程，抑或是生僻的成语解释。她认定他即使发呆也不会脱离学习至上的准则。

似乎是感受到身后的视线，陈希回过头，在看到楚艾钰时和她打了声招呼。楚艾钰点点头，算是回应。

餐桌上的气氛很融洽，韩栋丝毫不吝啬对陈希的夸赞，林玥芬则坐在一旁淡淡地微笑着。陈婶很欣慰，看向陈希的眼神里都是满满的自豪和骄傲。唯有陈希一脸平静，偶尔礼貌地回以微笑。

楚艾钰一直在埋头吃饭，生怕他们提到自己，毕竟她考试成绩不太乐观。幸好大家都在为陈希开心，没有人注意到她的心思。

吃完晚饭后，陈希和陈婶一起回了家，楚艾钰跑到二楼的露台，望着陈希离开的背影，内心突然开始慌乱。似乎到了这个时刻，她才意识到陈希要去外地上大学的事实。

而应翰的影子，也将随着他的离开渐渐消失。

别墅依山傍湖，夜晚吹来的风格外凉爽，还带着一丝淡淡的泥土香。楚艾钰深吸一口气，犹豫很久才下定决心，发送了短信：**下周一晚上七点钟有空吗？学校操场见。**

陈希即将离开繁都，在这之前，她想送给他一份礼物，然后确认一件很早之前就想确认的事。

话虽如此，但在送礼物上，楚艾钰实在没有天赋。从小到大，她一直没有朋友，也不曾和同学互送礼物。对她而言，第一次送礼物本就头痛，更何况，还是给男生送礼物。

楚艾钰苦想了几天，一点儿头绪都没有，只好给叶萧凌发短信求助。

叶萧凌鬼点子很多，出行平安符、手办、地球仪……甚至连办一场聚会她都想到了。

楚艾钰躺在床上无奈地对着短信摇头，叶萧凌的点子虽然多，却不适合陈希。像他那样的人，怎么会高调地办聚会？楚艾钰放下手机，无意间瞥见陈婶从门前走过，突然灵机一动。

俗话说得好，知子莫若母。

她从被子里钻出来，趿拉着拖鞋跑到客厅。陈婶正在给客厅里的平安树浇水，楚艾钰心虚地将她拉到一旁："陈婶，陈希哥喜欢什么啊？"想了想，又补充道："之前他辅导我功课，我想给他准备一份惊喜，让他开心。"

"小希啊……"陈婶很努力地回忆着，"这孩子从小到大很懂事，从来也不说自己喜欢什么，就怕花钱。过生日连生日蛋糕都不开口要……"

蛋糕？或许她可以亲手给陈希做个蛋糕？

楚艾钰在APP（应用软件）上搜索了几家甜品店，最后决定去好评率最高的"Sunshine（阳光）光年"，听说那里新来了一位甜品师，经他手的蛋糕不仅口感俱佳，而且款式还很新颖。

本以为"Sunshine光年"是一家规模较大的甜品店，可等她到了之后才发现，这家店的规模并不大，纯白的墙面上印着彩虹的涂鸦，暖黄色的灯光从吊顶中央垂下，打在木质长桌上。扑鼻而来的奶香味和花果馨香，让这间小小的甜品店越发温馨。

甜品店的老板得知楚艾钰的来意后，一开始是不同意她进入后厨。后来得知楚艾钰是韩家千金，架不住她的软磨硬泡，说话讨好，老板这才勉为其难，答应让她换上工作服进去看十分钟。

后厨大大小小的银色器具，亮闪闪的，很吸引人。但最引人注意的还是那位背对着她站着的甜品师。

于浅宸？楚艾钰十分诧异，没想到竟然在这里遇见他。

在这个又矮又窄的空间里，于浅宸弯着腰的模样多少有些突兀，那双骨节分明的手娴熟地控制着裱花袋，挤奶油的动作行云流水，一气呵成。

本想等他主动察觉到自己，可是于浅宸心无旁骛地切着水果，始终没转过身来。

“于浅宸，好巧啊。”楚艾钰等不及，主动走上前打了声招呼。

似乎被突兀的声音吓了一跳，在收尾时，于浅宸没控制好力度，原本应该是一条白色细线，结果挤出一团，破坏了整个画面。楚艾钰尴尬地笑了两声，怕他生气，急忙说明来意：“我不是故意的。是老板带我过来，让我和你学做蛋糕的。”

于浅宸没理她，板着一张冷冰冰的脸重新拿起抹刀修整。那一团白色的奶油，在他的加工下变成一朵盛开的百合。于浅宸捏起一小撮糖球，轻轻地撒在百合的周围，俏皮的糖球顿时让单调的奶油蛋糕多彩起来。

楚艾钰不敢相信自己的眼睛，忍不住为他鼓掌：“于浅宸！没想到你这么厉害。”

没想到？于浅宸手上的动作顿了一下，回过头看了她一眼，发出一声冷哼：“不是谁都像你这么笨的。”

“啊……你愿意理我了？”楚艾钰开心起来，完全没有因为他刚才的话生气。

于浅宸挑了挑眉，自顾自地转移了话题：“不是要做蛋糕吗？

还愣着干什么，快过来。”

“啊？”楚艾钰怔了一下，随后反应过来，急忙放下书包走到他身边。可是做蛋糕这件事，虽然看着容易，做起来却很难。楚艾钰手忙脚乱地弄好面糊之后，剩下的就一筹莫展了。

于浅宸看到她一副无所适从的样子，叹了口气：“这个面糊弄好后会有膨胀感，你用刮刀舀起，面糊会滑顺地流下，这就是高流动性的发泡状态。”

“而且面糊的比重不同，蛋糕的膨胀感和口感也是不同的，比重越高，口感越厚实。一般来说，最合适的比重是 0.45。如果要让口感更轻柔一点儿，你可以用色拉油替换黄油……”于浅宸有条不紊地说。

在于浅宸手把手的“教学”下，蛋糕终于成形，在等待烤箱烘焙蛋糕之余，楚艾钰鼓起勇气向他道歉：“对不起啊，我不应该自作主张强迫你和叔叔见面。”她犹豫了一下，接着说：“可是，叔叔他很担心你，就算你们之间有隔阂，你也不该一直躲着不见他啊。”

楚艾钰一脸真诚，一时间，于浅宸竟然不知道如何反驳。在他的记忆中，眼前的女生似乎一直很认真，无论是以前还是现在。

烤箱适时发出“叮”的提示声，于浅宸反应过来，转过头不再看她。

楚艾钰察觉到气氛有些尴尬，不再继续这个话题。她打开烤箱，小心翼翼地把蛋糕拿出来，没有经过任何装饰的蛋糕散发着新鲜出炉的鸡蛋香气。她想在上面画一把小提琴，可是怕自己把握不好，想了想，决定用奶油画一个简单的笑脸。

楚艾钰认真地挤着奶油，于浅宸好奇地凑过去，在看到那个龇牙咧嘴和表情包一样的笑脸时抽了抽嘴角。

她果真很笨！

“于浅宸，你怎么会来这里啊？”楚艾钰满意地打量着自己的“作品”，语气也轻快起来，“难道你想当甜品师？”

“嗯。”于浅宸点了点头，看向门外。

楚艾钰没想到自己竟然猜对了，刚想问他原因，却看到他出神地站在原地。楚艾钰顺着他的视线看过去，一个扎着羊角辫的小女孩正迫不及待地趴在橱柜上，扭着头对身后站着的爸爸妈妈说：“我想要这个巧克力的蛋糕。”

“好好好，你喜欢哪一个咱们就买哪一个，小寿星最大。”女人宠溺地笑着。

“不过，不要像上次那样吃撑了哦！”一旁的男人调侃道。

不知不觉中，于浅宸被一家三口的幸福感染，下意识地扬起嘴角。

其实，每当顾客在品尝蛋糕时露出微笑，他就会觉得满足。也许，这就是他想成为甜品师的初衷吧。他低下头，店内柔和的灯光给他的睫毛蒙上了一层暗影，让人看不清他眼里的情绪。

楚艾钰不知道他说那句话的意思，但是她想，此时的于浅宸一定想起了自己已故的妈妈和无法亲近的爸爸。

“那你为什么会来这儿？”于浅宸错开视线，低头收拾起弄乱的刀具。

“有朋友毕业了，我想做个蛋糕送给他，当作毕业礼物。”

“嗯。”于浅宸的眼神暗了下来，识趣地打住话题。是他想多了，他还以为她特意跟着自己找到这里的。

空气突然安静得不像话，于浅宸又听见自己不甘心地开口：“韩微笑，其实有件事我想告诉你……”

“嗯？”

“没事。”想了想，他还是没有说出口。因为说了也没什么意义，总之她都不记得。

楚艾钰“嘁”了一声，见气氛不太对，恶作剧般对他说：“不过，我倒有一件事要跟你说……”她煞有介事地看了看四周，然后朝于浅宸招了招手。

等于浅宸带着茫然的表情靠近时，她突然抬起手半掩着嘴，淘气地吹了一口气：“逗你的！谁让你刚刚逗我。”

猝不及防的气流，似一把火，把他耳朵烧起来。他怔在原地，看着面前哈哈大笑的女生连一句话都说不出来。隔了一分钟，见女生还在笑，他才反应过来，抓起砧板上剩下的面粉挥了过去……

周一下午放学后，楚艾钰急匆匆地来到了操场。她等在司令台旁，在脑海里设想着与陈希见面的场景：陈希过来时，天应该黑了，等他走到司令台，她再拿着蛋糕跳出来，给他惊喜。

七点的时候，天色渐渐暗了下来，教学楼也一点点隐退在夜色中。以往这个时候操场上会亮起灯，照着塑胶跑道上三三两两的身影。但今天，操场却空荡荡的，冷清得可怕。

司令台旁的草丛里，飞虫到处乱窜，楚艾钰才站了一会儿，就已经被叮出好几个包。她抱着蛋糕盒，不住地跺着脚，希望能驱赶这些飞虫。

其实，在第一次见到陈希时，她就想将心里的疑问说出口，可是当时林玥芬在场，她一直没找到机会。后来进入星禹高中，楚艾钰很少见到他，偶尔见面也只能简短地打声招呼，更何况他身边经常有别的同学。

虽然她认定陈希就是应翰，可每次话到嘴边都咽了下去。她想，如果陈希真的是应翰，那为什么不与自己相认？难道他根本无所谓这段乏善可陈的友谊？如果陈希真不在意的话，又为何一而再、再而三地帮助自己呢？楚艾钰实在想不通原因，她甚至连八点档连续剧里的失忆桥段都想到了。

所以，这个疑问就这么一拖再拖，拖到了今天。而今天，她绝对不能再打退堂鼓。

楚艾钰不断地给自己打气，却在瞥见那个熟悉的身影后有了一丝慌乱。她犹豫了一下，决定再给自己一点儿时间，于是偷偷躲在角落里给陈希发了一条短信：时间改到八点可以吗？临时有事。

很快收到陈希的回复：可以。

她深吸一口气，设想着开场白，心跳声一下一下的，格外清晰。

陈希走到观众席，选了一个离她极为接近的位置。楚艾钰以为他发现了自己，犹豫着是否要出来，却在下一秒听到了意想不到的声音。

“韩先生……”

“最近她没有和什么可疑的人来往，也没有外出见过什么人，走得最近的还是叶萧凌……”

时间变成一根漫长逼仄的管道，她卡在中间，不知道什么时候才能爬到尽头。楚艾钰自嘲地笑了笑，然后给陈希发了一条短信：不好意思啊，今天有事，来不了了。

她倚墙坐下，将头埋在膝盖里。手机屏幕一闪一闪的，是陈希的短信：好。

造物主精心设计了每一个人，然后丢到命运的剧本里，剧情跌宕起伏，你永远不知道下一秒，迎接你的是什么剧情。

楚艾钰看着手里的那盒蛋糕，只觉得可笑。原来，陈希只是韩栋安插在她身边的一枚棋子，用来监督她的棋子！

偌大的塑胶跑道，被夜色浸染得血红。远处高墙外一整排的树，在夜风中呼呼作响，远远看上去，像是起伏着的黑色浪潮，汹涌而来……

从甜品店出来后，于浅宸脑海里一直浮现楚艾钰捧着蛋糕离开时的笑容。鬼使神差般，他跟着她来到了操场，然后站在不远处，看着那个男生离开，而楚艾钰呆呆地坐在原地。

粗糙的水泥石级，每走一步都有种失重的错觉。

“他怎么走了？”“你怎么了？”“不舒服吗？”于浅宸走到她身旁，在脑海里排除了一个又一个开场白，看着地上还未拆开的蛋糕说：“这个蛋糕……我可以吃吗？”

楚艾钰深埋在膝盖里的头终于抬起来，声音沙沙的，有哭过的痕迹：“你怎么来了？”

夜色太深，于浅宸看不清她的表情，只知道那双望着他的眼睛湿漉漉的，像夜空中的繁星。

“想看一下顾客品尝后的反馈啊……要是这款‘微笑’蛋糕卖得好，下次可以考虑加入菜单。”他蹲下来，小心翼翼地捧起蛋糕，“一起尝尝看？”

楚艾钰没有说话，任凭于浅宸拆开了蛋糕盒。蛋糕上的奶油化了一些，不过笑脸还在，略微扭曲了一点儿，却更加俏皮可爱。

“勺子呢？”于浅宸问。

楚艾钰垂下头，很不好意思地说：“好像……忘拿了……”

“好吧。”于浅宸无奈地叹了一口气，直接咬了一口蛋糕，“味道还不错，不过有点儿甜了。”

他的下巴沾上了奶油，模样有些滑稽，楚艾钰笑出了声。

夜风停了下来，头顶厚厚的云层被风吹散，露出深蓝色如同缎子一般触感的天空。与操场一墙之隔的居民楼正亮起零星的光，为这清冷的夜色平添了一丝暖意。

楚艾钰深吸一口气，搓了搓有些发麻的双腿，故作轻松地说：“咱们把蛋糕都吃完吧，不然可惜了。我都没吃过这么好吃的蛋糕。”

“喊，夸自己也不用这么明显吧？”于浅宸不屑地哼了一声。

“我真的没有吃过这么好吃的蛋糕。”楚艾钰扯了扯嘴角，认真地说，“每次过生日，他们都会买同一种口味的蛋糕，可是那个口味我从八岁的时候就不喜欢了。”

回忆涌进脑海，她看到八岁的自己坐在餐桌旁，有些融化了的巧克力蛋糕在忽明忽暗的烛火下散发着甜腻的奶香味。他们微掩着房门，可是刺耳的吵架声还是传到了她的耳朵里。从那一刻起，她就再也不愿意过生日，不愿意吃巧克力蛋糕了。

“他们”应该指的是韩栋和林玥芬吧，于浅宸听着她落寞的语气，竟然也有些难过。他轻咳了两声，拍了拍胸脯：“不就是蛋糕嘛，这么简单！我做给你吃！保证你每次都吃到不同的口味！”

似乎有滚烫的液体流过脸颊，楚艾钰吸了吸鼻子，轻轻地说：“这可是你说的，不要后悔！”

于浅宸脸上的笑容渐渐放大，认真地点了点头：“嗯，绝不反悔。”

第六章

别用伤口治愈疼痛

星禹高中向来在课业上分秒必争，暑假也只有短短的半个月。楚艾钰还来不及享受假期的快乐，就又急匆匆地踏上了高三的奋斗之路。

繁都的八月，用项元的话来说，就是“只要在操场上走一圈，保准外焦里嫩，撒点儿孜然都能成烤串”。空调全天候开着，将教室内外调成两个季节，可还是能从窗户的缝隙处感受到源源不断的热气。

不过，相比叫苦连天的同学们，楚艾钰的感觉倒没有那么强烈。以前她在明远高中就读时，整个夏天都是靠教室里几台老旧的电风扇挨过去，现在这样，她已经很满足了。

窗外的槐树，暗绿色的叶子被阳光照得透亮，脉络历历可数，圆锥花序上的淡黄色小花在日光下愈发神采奕奕，一团又一团地紧紧挨着，似明亮的烛火。

操场上暗红色的塑胶跑道则被晒得干巴巴的，依稀还能看到一股热流。篮球场上空荡荡的，不见昔日少年们争先投篮的场景。

任谁都怕变成孜然味的烤串吧，楚艾钰笑了笑。

教室里的温度慢慢地降了下来，但大家似乎还没进入学习状态，一个个软绵绵地趴在桌子上，强撑着眼皮瞅着黑板。

“这道题错得非常可惜！”数学老师慷慨激昂地分析着刚刚结束的高考试卷，“这次高考，咱们学校就有不少同学做错了这道题。大家一定要注意，求解函数单调区间不能忘记定义域优先的原则……”

数学老师讲得面红耳赤，讲尺都快把黑板敲出一条缝。他顿了顿，刚低头抿了一口茶，就瞥见同学们一副神情恹恹的模样。

“不想考零分就给我睁大眼睛仔细看！马上就要高考了，你们这副死气沉沉的样子是想造反啊！”他猛地敲了敲黑板。黑板上白色的粉末在阳光下散开，似有若无的，就好像老师的声音，左耳进右耳出，怎么都抓不住。

楚艾钰低着头，用指腹摩挲着课本，脑海里反复回荡着“马上就要高考”的声音。高考真的要来了？可她怎么有种不真实的感觉？

思绪放空了一会儿，楚艾钰从书包里拿出风油精，在指腹上倒了一点儿抹在太阳穴。一阵短暂的灼热感后便是持续不断的清凉，她暗暗地吐了口气，刚准备闭上眼睛休息一下，项元的脑袋就凑了过来。

他皱着眉捏着鼻子，表情极为委屈：“微笑，你这风油精太呛人了，味道还有些臭臭的。”

项元的声音带着浓浓的鼻腔，足以在安静得只有老师讲话的教室里掀起一阵飓风。

一根粉笔凌空擦过额角，项元抬起头，表情更加委屈了。

“项元，怎么又是你？”数学老师板着脸说。

项元苦着一张脸，拿起数学课本往教室外走：“老师，我错了，我这就去门口罚站。”

罚站这种事对他来说是家常便饭，他早就习惯了。同学们低声窃笑，楚艾钰开始还有点儿疑惑，可当她瞥见项元手里的数学课本时才恍然大悟。

原来，项元在数学书里夹了一本漫画书！他这哪儿是罚站啊，分明是去放松，楚艾钰偷偷笑了笑，没想到竟然引起了数学老师的注意。

数学老师瞪了她一眼，楚艾钰心虚地低下头。

自从于浅宸和项元换了位置之后，她的名声就在突如其来的牵扯中急转直下。她怀疑项元身上安装了“万能老师磁铁”，动不动就能把老师们的目光吸引过来。在项元的影响下，数学老师连带着瞪了她好几次。

“韩……”

“老师，刚刚那道题我有更简便的算法！”数学老师刚想开口，于浅宸突然站起来打断她的话。

“是吗？”数学老师犹豫了一下，点了点头，“那你上来解答一下。”

楚艾钰松了一口气，偷偷抬起头望向讲台上的于浅宸。于浅宸站在微胖的数学老师身旁，比后者整整高了一头。他规规矩矩地穿着校服，肩膀上的两条蓝色条纹随着他摆动的手臂上下舞动着，粉笔敲击着黑板发出“嗒嗒嗒”的声音。

几分钟后，于浅宸写出了详细的解题步骤。他自信地勾了勾嘴角：“老师，这样做行吗？”

“当然可以啊！你现在已经会用微积分来解题了，相当不错！”数学老师毫不吝啬自己的夸赞，心里的余火也随之烟消云散。

星禹和明远最大的不同，就是十分注重学习成绩，老师们会格外青睐优等生，一些优等生常常仗着老师们的青睐有恃无恐，比如于浅宸。而成绩中等偏下的就比较倒霉，经常战战兢兢，比如楚艾钰。

托了项元的福，楚艾钰不得不打起十二分精神端端正正地坐着，以防走神被数学老师逮住，直到下课铃响，她才真正松了一口气。

于浅宸见她一脸苦相，调侃道：“项元没有说错，风油精的味道确实臭臭的。”顿了顿，他又接着说：“而且，你愁眉苦脸的样子，特别像甜品店的努努。”

“努努？”楚艾钰好奇地抬起头。

"嗯。"于浅宸表情诚恳，一本正经地说，"每当它饿了，就会露出一副委屈巴巴的表情。哦，对了，务务是只特别可爱的柯基。"

柯基？

楚艾钰意识到于浅宸在调侃她，随手抓起课本扔了过去，后者躲闪不及，胸口结结实实地吃了一记"重击"。

"你下手也太狠了。"于浅宸故意捂住胸口，装作一副受了重伤的样子。可楚艾钰完全不为所动，她看得清清楚楚，于浅宸的样子分明是装的。

于浅宸有些尴尬，他轻咳一声，轻轻推了推她："喂！"

"干吗？"楚艾钰冷哼一声。

"我们和好吧！"

"和好？我们在甜品店不就和好了吗？"楚艾钰疑惑道。

于浅宸摸了摸鼻子，好像要说什么又说不出口，表情很是纠结。

最后，他闭上眼把心一横："和好的话，座位总要换回来的吧……"声音越来越轻，还带着几分不好意思，"比起指甲油，我还是觉得风油精的味道好一些。"

楚艾钰笑了笑，知道他说的是新同桌黎槿莉的指甲油。她点了点头，算是同意。

黎槿莉和李婷刚进教室，看到楚艾钰和于浅宸正有说有笑。李婷开口为黎槿莉打抱不平："这个韩微笑可真的是……"话还没有说完，黎槿莉已经黑着脸回到她自己座位。

项元结束罚站后回到教室，发现自己的座位已经易主，于是认命地收拾东西回了原位。刚一坐下，蒋黎欢便扭过头握住他的手："热烈欢迎项元同学被打回老巢。”

项元狠狠捏了一下蒋黎欢的虎口。

一旁的黎槢莉压低声音嘟囔了一句，项元没有听清，抬头见她眉头拧得极深。

“你能不能坐过去一点儿，一身的汗臭味。”黎槢莉嫌弃地用课本扇了扇，“还有你，蒋黎欢。你太吵了，影响我学习。”

蒋黎欢和项元互换了下眼神。

你同桌今天忘吃药了？

或许是吧。

项元用眼角的余光偷偷瞥了黎槢莉一眼，见黎槢莉正直勾勾地盯着于浅宸的方向，手上的笔都快被她折成两截了。

气压太低了，项元缩了缩肩膀。

黎槢莉心里很不平衡，她的家境虽然赶不上韩微笑，可是父母在繁都也算数一数二的大人物。带着父母光环的她，在班级里一直是万众瞩目的存在。

可是自从韩微笑转到他们班之后，项元那几个人也不知道怎么的天天围着她转。前一阵子于浅宸还对她爱搭不理的，可现在……

下了晚自习，楚艾钰像往常一样走出学校，走到门口却没看到司机老钟的身影。

“等司机呢？真矫情，上个学还要车接车送。”

“就是啊，都高中生了，还让家里送，显摆什么啊？”

三两个认识的女生从她身边走过，酸溜溜的声音让楚艾钰心里不是滋味。其实，她也不想这么高调，可自从上了高三，林玥芬就安排司机老钟每天接送她。楚艾钰拒绝过，但林玥芬一直坚持，说高三是最重要的一年，要负责她的安全。最后，楚艾钰只好妥协。可她总觉得林玥芬这样做不单单是为了她的安全着想，很可能是因为丧女之痛产生的控制欲，或者为了更方便地监控她。

自从知道韩栋派陈希监视她以后，楚艾钰就对林玥芬产生了抵触，毕竟韩栋和林玥芬是夫妻，谁能保证林玥芬和这件事一点儿关系都没有呢？

楚艾钰在人群中扫了几眼，意外地看见了陈希。陈希站在校门口不远处的槐树旁，正低着头和一个外形乖巧的女孩聊天。

陈希怎么会来学校？他不是毕业了吗？而且听陈婶说，他从夏令营回来后就找了个兼职，每天都要忙到很晚，是什么事让他这个时间来学校的？

很多疑问在楚艾钰脑海里打转，可她却不愿问出口。她刚想转过身离开，却在看清女孩长相的那一瞬间顿住了脚步。

微弱的路灯，涌出的人群，周围的一切都像是褪了色，只剩下少女脸上愈发鲜艳的绯红。

她紧张地抓着衣角，低垂着眼睑，不敢直视陈希的视线。这些无意识的小动作，无一不在表露着她的心事。

“陈希，你这次高考发挥得真好，太厉害了！”

“正常发挥而已。”

“没想到我们是一个大学，以后要拜托你了。”

“不要那么客气，互相照应就好了。”

陈希始终保持着彬彬有礼的微笑，看着如此亲近，但又那么陌生。楚艾钰认真回忆了一下，总觉得女孩似曾相识，但又想不起她的名字。她往前走了两步，换了个角度看了看。这个女孩经常出现在陈希身边，

似乎是陈希的同学，貌似叫……

楚艾钰努力地回忆着女孩的名字，在最后呼之欲出的那一刻被人打断。

“发什么呆呢？”于浅宸推着单车停在她身边，顺着她的视线看过去。上次从操场离开的那个男生？于浅宸不动声色地皱了皱眉。

楚艾钰没理于浅宸，掏出手机给钟叔打了个电话。钟叔在电话里不住道歉，说他临时有事请了假，这两天接送她上下学的事情就交给陈希负责了。

楚艾钰这才明白，陈希这么晚来学校，原来是来接她放学。

“韩先生……”

“最近她没有和什么可疑的人来往，也没有外出见过什么人……”

这些被遗忘在操场上的声音，总是时不时地提醒着她，在她惊慌失措、茫然无助时，从未缺席的这个人，不过是掐好了每一个时间点，“别有用心”地参与而已。她曾把陈希当作朋友，无条件地信任他，现在这份信任荡然无存。

所以，无论陈希是不是应翰，她都不会原谅。

见她一反常态地没有说话，于浅宸有些担心，他总觉得她的反常与校门口的男生有关。如果仅仅因为男生单纯的离开，韩微笑的反应不会如此。

他想了想，朝着男生的方向走去……待他回来的时候，韩微笑一言不发地站在原地，看她的样子，似乎在愣神。

“喂！”于浅宸走到她面前，伸手在她眼前漫不经心地挥了两下。楚艾钰回过神，不满地侧了侧身：“你吓我干什么？”

于浅宸的手僵在半空。

吓她？开什么玩笑？若不是看她心不在焉，一脸受伤的模样，他才懒得理她！于浅宸揉了揉右手，刚才太用力了，自己的手竟然有些发胀。

"好吧好吧……我不该吓你。"见她情绪低落，于浅宸选择暂时低头，"不过，看在我替你教训他的分儿上，你就别生气了。"

"啊？"楚艾钰一脸疑惑。

"就是校门口的那个男生，我刚刚帮你狠狠揍了他一顿。怎么样？够义气吧？"于浅宸挑了挑眉。

楚艾钰怔了一下，随后不屑地看了他一眼。

陈希虽然彬彬有礼，但受到侮辱肯定会还手，一旦还手，于浅宸怎么可能毫发无损地站在这里？楚艾钰摇了摇头，认定于浅宸是为了逗自己开心随意胡诌。

"够够够……"楚艾钰敷衍地回答，转身离开。

于浅宸急忙推着单车跟上去，他走到一旁，用眼角的余光瞥了她一下："别生气了，你知不知道，你现在这样特别像河豚。"

"河豚？"

"对啊，一生气就鼓成球，最后生气气死了……"

"于浅宸！你才是球！"

……

夜晚的星禹校园寂寥无声，学生们已经走得差不多了，女孩看着陈希微微红肿的嘴角，急出了眼泪："你没事吧？刚才那个人是谁啊？怎么能突然冲过来就打人呢？下手也太狠了。"女孩伸出手，想擦一下他嘴角残留的血迹，陈希却不着痕迹地避开。

他平静地看了眼时间，然后像没事人一样跨上单车："算了，咱们走吧。"

“哦，好吧。”女孩讪讪地收回手，跟在陈希身后离开了学校。

第二天，晚自习结束后，同学们争先离开教室。

夏季的夜晚闷热异常，关了空调之后，窒息的热气扑面而来，楚艾钰不敢停留，急忙收拾好书包就往教室外走。

“带这么多书，不嫌沉啊？”于浅宸走到她面前，拎了拎书包，揶揄道。

“没办法，化学和物理的很多公式我都没背下来。”楚艾钰皱了皱眉头。

收拾书包时，她也纠结着想少带点儿书，可是又觉得每一本都有用，索性都装了进去。

于浅宸抽了抽嘴角，将化学和物理课本从她的书包里抽了出来，然后将两本薄薄的笔记本塞了进去：“这里面是我整理的公式，以你的智商看书肯定找不到重点，还是看笔记吧。”他说着，又顺手从书包夹层里拿出一袋牛奶，“这个就当作报酬了。”

似乎怕她反悔，又急忙撕开包装喝了几口。

楚艾钰懒得理他，侧了侧身走出教室。

走廊里安安静静，甬道旁的灯光从走廊尽头的窗户照进来，暖暖地洒在她身上。夜晚的微风吹着槐树油绿的树叶摇曳，哗哗地响。

楚艾钰慢慢地走到楼梯口，发现有人等在那里。

“同学……”女人从楼梯的暗影中走出来，露出饱经风霜的脸庞，眼角的皱纹很明显，“我想问一下，于浅宸在哪个班级啊？”

“于浅宸？您是……”

“我是小宸的……”女人犹豫了一下，似乎在思考用什么词语形容他们之间的关系。

“她是我妈，后妈！”突兀的声音打断了女人的话，于浅宸冷漠地站在楚艾钰身后，言语中满是奚落。

女人的笑容僵在脸上，她局促不安地搓了搓手：“小宸，你下课了……”

楚艾钰怔了一下，似乎没猜到女人和于浅宸的关系。不过，照他这么说，眼前的女人就是叶萧凌的亲生妈妈叶垣君！

也许是光线的原因，叶垣君看起来要比寻常四十多岁的女人憔悴许多。

她不施粉黛，简简单单地穿着碎花长裙，裸露的脚背上还有微微凸起的青筋。

楚艾钰想起来，上次她去找叶萧凌时，似乎没在她家里见过叶垣君的照片。这个女人好像是故意的，故意降低自己的存在感，好让于浅宸能够接受她。

楼梯口微弱的灯光懒散地洒在花岗岩地板上，那些细细碎碎的花纹在昏暗的灯光下没了色彩。

叶垣君局促地站在一旁，悄悄打量着于浅宸的神情，似乎想找机会和他好好聊一下。楚艾钰看了看抿唇不语的于浅宸，决定先行离开。

她拿出手机，佯装接电话：“钟叔……你回来了？好好好……我马上下来。”挂了电话后，她自然地笑了笑：“于浅宸，钟叔在校门口等我，我先走了。”然后又对女人礼貌地道别：“叶阿姨，我先走了。”

楚艾钰离开后，叶垣君才鼓起勇气走到于浅宸身边：“小宸，你一个人在外面租房子太不安全了，还是回家住吧。”

叶垣君放低姿态，接着说：“你一个人在外面住，我们很不放心。特别是你爸，他经常睡不好觉，现在要依靠药物才能入睡。”

听到叶垣君这么说，于浅宸坚固的心动摇了。其实，他明白父亲的良苦用心，但就是无法释怀。

因为他的父亲，是间接害死母亲的凶手。

小时候，于浅宸并不懂母亲一声声叹息里的意味，只知道母亲用并不长久的一辈子，等着父亲回家，却始终都没能等到。可笑的是，他七岁那一年，母亲离开了，男人倒常常回家了。

说起来，男人那几年将心思全部放在事业上，不是忙着加班，就是去各地出差，几天也见不到人影。

究竟多重要的工作，让他经常忙到连电话也没时间打？忙到连妻子病危也没时间见最后一面？后来，于浅宸才渐渐明白，那不是忙碌，是父亲不爱了的借口，是成人世界里的冷暴力。

他的心里滋生恨意，他要让父亲付出代价。而他对叶垣君没有太多的情绪，毕竟她不是第三者，母亲的离开与她无关。

见于浅宸迟迟没有表态，叶垣君接着说："小宸，我知道你一直不喜欢我，我能理解你，都是我做得不够好，如果……如果你愿意回家的话——"

于浅宸没有多余的耐心，拢了拢书包带往楼下走。

"我搬出去也可以的。"叶垣君一字一顿地说。

她的话总算有了回应，于浅宸顿了一下，背对着叶垣君淡淡地说："那你先搬出去吧。"

随后，他目不斜视地大步离开。

天色完全暗了下来，因为不想见到陈希，所以楚艾钰早上出门时，谎称会和同学一起回家，不用陈希接。林玥芬没有多想，便同意了。

本来想和于浅宸一起回去，现在看来，她只能自己走回去了。楚艾钰叹了口气，慢慢地往韩家走。

“韩微笑。”

有人在叫她？

楚艾钰诧异地转过身，在看到夏晚晚时怔了一下：“夏晚晚？”

“嗯。”夏晚晚点了点头，走到她面前，“这么晚了，我们一起走吧。”

街道旁亮着一排路灯，在昏黄的灯光下，她的肤色还是惨白得没有一丝血气。楚艾钰不想和她对视，因为她放空的眼神总会令人产生一种她没有在看你的错觉。

“一起走吧。”夏晚晚又说了一遍。

楚艾钰想到她让自己不要多管闲事时，眼眸里藏着的那股呼之欲出的戾气，总觉得她这次的示好不怀好意。

“我……准备打车回家。”楚艾钰随便找了个理由。

“打车？这里打不到的，我们一起走到路口吧。”夏晚晚很坚持。

话说到这个份儿上，楚艾钰再拒绝的话就真的说不过去了。而且，这里到路口也就五百米，忍忍就过去了。在心里纠结了一会儿，她勉为其难地点了点头。

沿街有几家店铺还在营业，银白色的光从店里斜斜地射到路面，一点儿温度都没有。

楚艾钰盯着脚下的路没有说话。夏晚晚似乎不介意她的沉默，直截了当地抛出问题：“韩微笑，你讨厌我吗？”

讨厌她？楚艾钰笑着摇了摇头，她虽然不喜欢夏晚晚，却谈不上讨厌。她只是不喜欢夏晚晚那副逆来顺受、自甘堕落的模样。但转念一想，夏晚晚和曾经的自己一样，都是受害者。站在这个立场上，楚艾钰觉得自己有些心疼她。

“其实，我并不讨厌你。”楚艾钰给出了一个很肯定的答案。但夏晚晚似乎不相信她的回答。

“你怎么会不讨厌我呢？她们都讨厌我啊！”夏晚晚拔高了声音，“你在撒谎！”

楚艾钰被她过激的反应吓了一跳，刚想解释，却被人打断。

“韩微笑，你怎么会不讨厌她呢？她可是杀人犯啊！”更加刺耳的声音从不远处传来，带着些许的奚落。

杀人犯？楚艾钰下意识地后退两步，皱着眉头看向夏晚晚，心里却在判断这句话的真实性。

低矮的灌木丛中，飞虫发出“嗡嗡嗡”的声音，楚艾钰的思绪乱成一锅粥，当她回过神时才发现面前多出两个人。

黎槿莉指着夏晚晚说：“韩微笑，你不要怀疑，她就是杀人犯！”

“还是害了最信赖她的朋友。”一旁的李婷笑着补充，想了想，又接着说，“不过，看在她把你骗来的分儿上，今天的她还是蛮让人喜欢的。”

李婷走过去，用力地拍了拍夏晚晚的肩膀。

她的话是什么意思？什么叫作“看在她把你骗来的分儿上”？楚艾钰有些疑惑，反应过来时才发现自己被她们逼到了一个偏僻的角落里。

此时的夏晚晚低着头站在一旁，看上去单纯又无辜，楚艾钰不由得冷笑起来：“夏晚晚，你太过分了！她们一直欺负你，你反倒帮她们骗我！”

“骗你如何，如果不是你笨，怎么可能被她骗到？”黎槿莉走到她面前，幸灾乐祸地说，“再说了，是你先招惹我的，如果不是你，项元他们怎么会连话都不愿意跟我说。”

项元？直到现在楚艾钰才明白黎槢莉为什么这么做，原来是觉得自己抢走了本该属于她的一切。

“如果不是因为你的大小姐脾气，他们怎么会不理你？”楚艾钰反驳道。

在和项元同桌时，楚艾钰就听他吐槽过黎槢莉，说黎槢莉有大小姐脾气，经常冲他发火，还总让他替她打水、领课本。虽说是一些小事，可是时间长了，项元自然不耐烦，久而久之，就不愿意和她说话了。连好脾气的项元都讨厌黎槢莉，更别提于浅宸和蒋黎欢了。

“韩微笑……你……”黎槢莉被她呛得说不出话，原本白皙的脸涨得通红。虽然她知道自己的问题，却不想承认。更何况自己都走到这一步了，要是现在认输，岂不是让李婷她们笑话？

“别以为我不敢对你怎么样。”黎槢莉似笑非笑，“不过，我不会亲自动手……”

李婷很快明白了这句话的意思，她走到夏晚晚身边，笑得狰狞：“夏晚晚同学，你听到了没有？”

楚艾钰看到夏晚晚紧咬着唇瓣，慢慢地抬起右手，虽然她表情里满是为难和挣扎，却还是听话地推了楚艾钰一下。

夏晚晚前后的挣扎也不过三秒，她下手很重，好像在发泄那股被压制的戾气。

大脑一瞬间的空白，楚艾钰一个趔趄，险些就栽倒在地上。

“继续啊。”李婷抱着双臂看好戏。

夏晚晚颤抖着走向楚艾钰，夜晚的微风拨开了她额角的碎发，空洞的眼神似乎被无止境的夜色填满，透着森然的令人战栗的恨意，看得楚艾钰心口一紧。

黎樰莉讨厌她的理由很明确，可是夏晚晚为什么要这样做？楚艾钰实在想不通，毕竟她没做过让夏晚晚憎恨自己的事情。

夏晚晚再次扬起了手臂，却忽然放了下来。她痛苦地蹲在地上，像只迷途知返的羔羊：“我不能这么做。”

下一秒，不远处传来急促的脚步声。

“韩微笑！”于浅宸喘着粗气跑了过来，“你怎么样？没事吧？”

黎樰莉没料到于浅宸的出现。她愣了几秒后急忙撇清干系：“夏晚晚，你怎么能欺负同学呢？”

夏晚晚没有反驳，浑身颤抖。那委屈的样子，好像和刚刚发生的事一点儿关系都没有。李婷也悄悄地躲到黎樰莉身后，一副事不关己的态度。

于浅宸拿出手机举到黎樰莉面前，屏幕亮着微光，是通话界面，通话人是“韩微笑”。

于浅宸冷笑一声，手上加重了力道，将无尽的怒火都发泄在手机上。他冷冷地盯着黎樰莉一字一顿地说：“需要我把你刚才说的话放一遍吗？”

黎樰莉这才注意到屏幕上的录音按键一直亮着。她刚刚怂恿夏晚晚的那些话，早就被一五一十地录下来了。

“动手的不是我，是夏晚晚。”黎樰莉努力地掩饰慌乱，不肯低头认输。

“教唆他人进行校园暴力？你以为这是小事？一旦我报警，你们都跑不了！”

听到“校园暴力”和“报警”几个字，黎樰莉和李婷一下子慌了神，整个人都蒙了。

李婷先反应过来，急忙向她道歉，可态度多少有些漫不经心：

“微笑，对不起啊，都是同学，你原谅我吧。”

呵呵，这话说得，还真是厚颜无耻。都是同学，所以她就应该原谅？如果不是她留了心眼，偷偷给于浅宸打了电话，后果肯定会不堪设想。

楚艾钰没有理她，挂断电话保存了录音。她刚准备和于浅宸一同离开，手机却在这个时候振动起来。

“微笑，你怎么还没回家啊？出什么事了吗？”林玥芬久久没等到楚艾钰，心急地打来电话。

“嗯，出了一些事……我回去再和您说吧，现在说不清楚……”

楚艾钰没在电话里提及这件事，她想斟酌一下语言，好让林玥芬重视这件事，最好找到校长，让校长严惩黎槿莉和李婷。

她要让黎槿莉和李婷为自己的行为付出代价。

李婷意识到事情的严重性，语气软了下来：“微笑，我真的错了，你原谅我好不好？”

黎槿莉没有说话，她看着一脸平静的楚艾钰，脑海里突然闪过一个念头——她是故意的！从一开始，楚艾钰就在故意布局，她毫不反抗，任她们欺负，就是想以此为把柄，反将一军！

黎槿莉握紧了拳头，她小看了眼前的女生，这个女生真的是心机叵测。可是现在，她必须认输，不让事情闹大。

“韩微笑，对不起。”黎槿莉咬着牙道歉。

“你们现在向我道歉，不是觉得自己做错了，而是因为害怕承担后果。”楚艾钰一针见血地指出她们的想法，“所以……我不会原谅你们。”

在楚艾钰看来，她们这些高高在上的欺凌者，永远只会看形势欺善怕恶，如果不得到惩罚，还是会继续欺凌别人。

于浅宸从没看到过这样盛气凌人的她，眼前的女生和记忆中那个亲和力极强的小女孩判若两人。不过，他并不反感，甚至还想为她鼓掌。

黎槽莉这些人，早就该得到教训了。

回到家后，楚艾钰将整件事告诉了林玥芬，但是没有提到夏晚晚。林玥芬很愤怒，直接给星禹高中的校长打了电话，第二天又和楚艾钰一起来到了学校，要求校长严肃处理欺凌者。

星禹高中可是一流高中，哪里出过这种丑闻？校长羞愧难当，当即向林玥芬保证，一定秉公处理，给她一个满意的交代。

事情处理得很快，因为证据确凿，黎槽莉和李婷被全校通报批评，记严重违纪一次，停课两周。而夏晚晚则因为楚艾钰的口下留情，没被处分。可事情发生后的第二天，她就没来学校，听班主任说，夏晚晚请了一个星期的病假。

“听说黎槽莉和李婷是被家长直接拽出校长室的……”叶萧凌拆开一包薯片，递到她面前，“她们太可恶了，再有下次，我一定要帮你报仇！”叶萧凌像模像样地抡起拳头比画两下。

她吃着薯片生气的模样，像一只存满食物鼓着腮帮子的仓鼠，蠢萌蠢萌的。

“不过夏晚晚怎么生病了？还请了一周的假，可惜了，没有亲自听到黎槽莉被处分的消息……”叶萧凌咂了咂嘴。

楚艾钰推开薯片，兴致全无。

夏晚晚难道被自己的话吓到了？所以才躲在家里不敢上学？那天，黎槽莉说夏晚晚是……杀人犯？一想到这三个字，楚艾钰就觉得毛骨悚然。

“不过夏晚晚也是自作自受。”叶萧凌将薯片咬得“咔咔”作响，声音含糊不清，“你千万要防着她，她并非善茬。”

楚艾钰正在胡思乱想，听到“自作自受”四个字后突然想到了什么。她看向叶萧凌，问道：“你是不是知道黎槽莉讨厌夏晚晚的原因？”

“当然知道了！”叶萧凌噎住，接过她递过来的水，仰头喝了两口，“我和夏晚晚读一个初中，她初中时有个很好的朋友，叫谢烨林。她们形影不离，就好像咱俩一样。”

叶萧凌说着傻笑起来，捏着两片薯片放到嘴里。

“继续。”

“哦。”叶萧凌吐了吐舌头，“后来谢烨林和夏晚晚闹了矛盾，冷战了很久,再然后,谢烨林就……”说到这里,叶萧凌忽然神情肃穆。

楚艾钰已然读出某些讯息，但又不敢胡乱猜测。

“听说是夏晚晚说一些难听的话刺激到谢烨林，导致她得了抑郁症才会走上这么一条不归路的。后来谢烨林的爸妈还来学校闹过，他们一口咬定就是夏晚晚害死了自己的女儿。谢烨林的爸妈都是报社记者，他们要求学校开除夏晚晚，不然就连着学校一起曝光，说学校包庇凶手。可校长没有理由开除夏晚晚啊，毕竟又没有证据，而且就算夏晚晚说了什么话刺激到了谢烨林，也不是造成她死亡的主要原因啊……后来这件事就不了了之了。而夏晚晚本来就内向，没什么朋友，同学们又因为这件事孤立了她。所以，初三那年她就转学了。”

楚艾钰将叶萧凌断断续续的话串联成一个完整的故事，得出结论：“所以，因为谢家父母这么一闹，同学们便认定夏晚晚害死了谢烨林，谢烨林的人缘好，所以很多人为她鸣不平，把气撒到了夏晚晚身上。”

“对，而且黎槢莉、谢烨林和夏晚晚，她们三个人曾经是非常要好的朋友。”见她一脸吃惊，叶萧凌兴致高了起来，“看不出来吧？”

她确实看不出来。

不过，楚艾钰有些疑惑，到底是什么原因会让谢家父母放弃追究女儿离世的真相？

“谢家父母没再追究过这件事？”

“没有，我听说他们当时还拒绝了媒体采访，绝口不提这件事。”

谢家父母的举动很奇怪，楚艾钰总觉得谢烨林的事情不会那么简单，整件事的背后也许隐藏着丑陋的、令人作呕的真相。

第七章
与时间差一个对不起

一回到家，楚艾钰就迫不及待地打开电脑，搜索与“游艇事故”有关的新闻，可检索出来的都是很多年前的新闻，一点儿价值都没有。她又在搜索栏输入“谢烨林”三个字，出来的都是一些毫不相干的人物。

叶萧凌说谢烨林父母在繁都日报工作，跑的基本是商界这条线。兢兢业业忙碌多年，终于在半年前升了职，一个成了新闻部部长，一个成了广告部部长。

晋升的时间很巧合，都是在游艇事故发生后的一个月内。

可惜叶萧凌不知道谢烨林父母的名字，楚艾钰只好碰碰运气，试着搜索“繁都日报新闻部谢”。相关的信息很快出来，一个叫作“谢俊”的男人吸引了她的注意。

有关谢俊的信息详情页里，附了一张照片，虽然照片里的男人和记忆中的面孔有些出入，可楚艾钰还是能通过他的轮廓以及眉眼做出判断。

她曾经在游艇上见过这个男人！

半年前的游艇盛宴，来的大多是名流富贾，只有寥寥几位媒体记者受邀参加，所以她对那几个挂着记者证、拿着相机的人印象格外深刻。

楚艾钰记得当时自己和妈妈正往游艇上走，这个男人走在她们前面，拿着相机对着四周不停地拍，快门键被按得“咔咔”响。

他迟迟不动，妈妈催促道：“走不走啊你，别挡道。”

男人头顶的发量稀少，已有“地中海”的趋势。他不耐烦地转过头，打量了她和妈妈一眼，随即露出轻蔑的笑容。

楚艾钰一直很敏感，也是这种天生的敏感，让她对周遭的事物都保持着鲜活的记忆。

那个男人鄙夷的神态，随着回忆再次浮现在眼前。

其实，在叶萧凌说起谢烨林父母的身份后，楚艾钰就有一种猜测，她觉得他们和那场游艇事故有着说不清道不明的关系。

现在看来，她的猜测是真的。

谢俊的相机里，一定留有与游艇事故有关的照片，而那些照片，很可能成为打开真相的钥匙！

楚艾钰在网上搜过谢俊的采访，发现他很多的采访都在鼓吹韩栋。而且谢俊既然能受邀参加游艇晚宴，就足以说明他和韩家之间的交情匪浅。

为了问到谢俊的住址，并且让林玥芬不起疑心，楚艾钰谎称班主任布置了一项采访任务，要求他们在周末完成，主题是“最‘可爱’的人”。

“我想采访记者，毕竟他们这个群体比较特殊，一直是他们记录别人，好像很少有人记录他们。”楚艾钰认真地说，“您有认识的记者朋友吗？”

林玥芬对楚艾钰的话深信不疑，皱着眉想了一会儿：“繁都几个报社的记者我都接触过，不过最近没怎么联系。”她一边说着，一边打开手机通讯录。

楚艾钰旁敲侧击：“听同学说，繁都日报是繁都最大的报社，很多有价值的新闻都是他们挖到的。不过他们好像很忙，应该采访不到了。”

“繁都日报？我和新闻部部长谢俊还是有交情的。”林玥芬拍了拍她的肩膀，“不要担心，我跟谢俊约一下时间，你直接采访他就好啦。”

“真的吗？太好了。”楚艾钰佯装激动地抱住林玥芬，“不过，不知道谢叔叔明天上午有没有时间。”

“明天上午？”林玥芬想了想，说，“福利院明天上午有活动，我不去不合适。咱们约下午吧，这样我还能陪你去，你一个人去我不太放心。”

“我都这么大了，您还不放心？”楚艾钰撒娇道，“谢叔叔和您这么熟，我自己能搞定的。况且这项任务拖了很久，再不完成就来不及了……”楚艾钰事前看过林玥芬放在床头柜上的日历，她在12号那里备注着：**下午福利院活动**。

林玥芬习惯在日历上备注上相关日程，以便提醒自己。楚艾钰正是算准了这一点，才提出要在上午采访谢俊。因为，只有林玥芬不在场，她才能去做自己想做的事情。

林玥芬犹豫了一下，还是答应了。她给谢俊打了个电话，约好时间，谢俊在电话里热情地答应下来，又说了很多巴结的客套话。

第二天上午，林玥芬离开之后，楚艾钰就出了门。

谢俊住在金岛小区，这个小区远离市中心，坐落在政府准备拆迁的老城区里。楚艾钰足足坐了40分钟的公交车，才来到目的地。

其实，在见到谢俊之前，楚艾钰还在担心他会认出自己，但是这种顾虑很快被他的“热情”打消了。

谢俊等在小区门口，见到楚艾钰急忙迎了上去，熟络地嘘寒问暖，还顺便打听了一下韩栋最近的动态。

楚艾钰看着眼前这个大腹便便，满脸泛着油光的中年男人，又想到游艇晚宴时他鄙夷的眼神，只觉得讽刺。

林玥芬曾经说过，给她冠上韩家的姓氏，是对她最好的保护。

那时的楚艾钰并不了解这句话的深意，可是短短几个月后，她便从见过的人身上领会了。

一个人的身份地位和家庭背景真的很重要，它会直接影响对方对你的态度。

这片老小区没有电梯，虽说只有6楼，可楚艾钰还是累出一身汗。按理来说，以谢俊的地位，是不会住这种要拆迁的小区的，难道有什么特殊的隐情？

“到了。”

谢俊的声音让楚艾钰回过神，她礼貌地笑了一下，跟在谢俊身后进了屋。整个屋子并不大，因为年份有些久，有的墙面还出现了轻微的裂痕。

谢俊的妻子张丽正在厨房忙碌着，见到楚艾钰，笑着问好，然后从厨房端出一盘水果放在茶几上。楚艾钰趁他们不注意，偷偷将录音笔打开，放到沙发的缝隙中。

“微笑，你今年多大了？”张丽剥开一个橙子递到她面前。

“十七岁。”楚艾钰回答道。

“十七岁？”张丽有一瞬间的恍惚。

谢俊不动声色地按了按妻子的肩膀，笑着对楚艾钰说：“上高三了吧？压力大不大？听说星禹高中很严格。”

“嗯，是很严格，所以我总怀念自己在长兴中学上学的日子。”楚艾钰撒了个谎。

游艇触礁，这么大的事情竟然没有激起任何舆论，背后肯定牵扯到很多人的利益，谢俊很可能是受益者。以他新闻人的直觉，如果楚艾钰贸然提到游艇晚宴的事，他肯定有所警觉。

所以，楚艾钰想用谢烨林的事击垮谢氏夫妇的心理防线，以便探知游艇触礁的真相。

长兴中学包括初中和高中，是谢烨林曾经就读的学校。果然，听到“长兴中学”四个字后，张丽神色骤变，剥橙子的手颤抖起来。

谢俊连忙岔开话题：“对了，微笑，你这次来主要是想了解什么呢？”

楚艾钰答非所问：“谢烨林是我隔壁班的同学。”

话音刚落，谢俊终于变了脸色：“微笑，你到底想说什么？”

“其实，我这次来就是想了解谢烨林她离开的真相，虽然很抱歉提起你们的伤心事，可这件事牵扯到另外一个人，我没办法视若无睹。”楚艾钰步步紧逼。

谢俊冷漠地哼出一句：“不好意思，我们不想再提这件事。”

楚艾钰站起来，丝毫不给谢俊逃避的机会：“可因为这件事，夏晚晚成了同学们孤立的对象，这三年，她一直生活在痛苦中。”

谢俊的眼睛眯成一条细长的线，警惕地看着楚艾钰，声音也尖锐起来：“是她让你来的？”

从刚才开始，谢俊就在避重就轻，楚艾钰不想在无关紧要的问题上浪费时间，加重了语气：“您的女儿一向乐观，怎么会得抑郁症？她选择用这样的方式离开，却没人知道她离开的原因，不可悲吗？”

也许是最后一句话太过沉重，张丽终于抑制不住自己的情绪大哭起来。

谢俊忍无可忍，下了逐客令。

看到他们如此反常的表现，楚艾钰更加坚定了自己的猜测，谢烨林事件的背后一定藏着不为人知的秘密。可谢俊比她想象中还要敏感，楚艾钰根本没机会提到“游艇触礁”这件事，就被他赶了出来。

幸运的是，楚艾钰刚走到小区门口，耳机里就传来了谢俊的声音。藏在沙发缝隙中的录音笔把夫妻俩的对话原原本本地记录了下来。

“老谢，是我们害了女儿，如果不是我们对她期望太高，给她施加压力，她怎么会想不开……”张丽断断续续地哭泣着。

“这种话你不能再说了！要是说出去的话，别人怎么看我们？记住，女儿是得了抑郁症，被夏晚晚刺激的！”

“可是，女儿的那封遗书，像扎在我心口上的刺，它不断提醒我，女儿是因为咱们才想不开去……”

对话戛然而止，耳机里只剩下张丽的啜泣声和谢俊无何奈何的叹息。

楚艾钰久久无法回神，她仿佛看到谢烨林站在天台上，一脸淡然。月色皎洁如水，她将那些永远也做不完的试卷抛向空中，然后随着飘落的纸张奋不顾身地扑进这幽深的黑夜……

听叶萧凌说起过谢烨林，在她的描述中，谢烨林是一个笑起来有酒窝的女孩，她总是扎着最简单的马尾，穿着舒适的棉布裙。可这样一个单纯天真的女孩，竟然选择用最惨烈的方式结束自己年轻的生命。

而伤害她的“刽子手”，竟然是她最信赖的父母！

楚艾钰双腿沉重得无法向前迈出一步，几乎没有任何犹豫，她转过身往回走去。

门铃按了很久，谢俊才来开门，张丽不在客厅，也许是哭红了眼躲进了卧室。

“不好意思，我钥匙落在你们家了。”楚艾钰径直走向沙发。

谢俊显然不想理她，可是当他看到楚艾钰从沙发缝隙中摸出录音笔时，眼神里竟然有一丝慌乱："微笑，你……"

"没错，我都听到了。"楚艾钰走到谢俊面前，"谢叔叔，我这么做只是想让你还别人一个公道。记者的底线，不就是真相吗？"

"夏晚晚初三被迫转学，可上了高中还是因为这件事被同学孤立、欺负。如果你们一直隐瞒真相，她也许会成为下一个谢烨林！"

最后这句话，重重地敲醒了谢俊。

如果夏晚晚真的出现意外，追究起来，他是脱不了干系的。可一旦澄清事实，那他的仕途也就不保了。

谢俊还在犹豫，张丽从卧室里走了出来。她噙着泪水，将手里的黄色信纸递给楚艾钰，努力平复情绪："这是烨林留下的遗书，也是事情的真相。"

"老谢，不要再逃避了，你迟迟不愿意离开这里，难道不是在埋怨自己，向女儿赎罪吗？"张丽哽咽地说。

谢俊没有回答，痛苦地闭上了眼睛。

这封泛黄的信是谢烨林离世一个月之后发现的。这也是谢家父母一开始嚣张跋扈地闹到学校，后来又放弃的原因。

信纸上的字迹娟秀，但每句话都异常坚硬。几百字的内容，"累"是出现频率最高的字。

谢烨林在信里提到，她讨厌现在的生活，不喜欢每天练琴，然后在周末和节假日去补习班补习或者辗转各个考场。她说自己连和朋友相处的时间都没有。而每次她想要休息一下时，父母总是拒绝。

所以，她被迫选择以如此极端的方式离开。

从始至终，她连一句"我离开之后你们别太难过"这样的敷衍安抚都没有说。

她是真的厌恶了吧，厌恶父母给她安排好的一切。

张丽泣不成声："我们守了她十四年啊，最后……只换来这一纸控诉……"

谢俊一言不发地瘫坐在沙发上，失神地望着窗外。他自责地想，如果在女儿提出不想练琴的那天，爽快地带她去游乐场放松一下，或者，多听听她的诉求，说一句"辛苦的话就休息一下"，自己只要做出一点儿改变，不给她那么大压力，结果都不可能这么残忍。

从谢家离开的时候，楚艾钰心乱如麻。谢俊答应她，过两天会亲自向夏晚晚道歉，还她一个公道，还原事实的真相。

可这件事，会顺利进行吗？

楚艾钰漫无目的地走在街道上，心情越发沉重。

本以为知道真相之后，她会如释重负，或者得到一种惩恶扬善的快感。可是一想到张丽哭肿的双眼和谢烨林的控诉，她就后悔起来。

看来，承受真相，远比她想象中更需要勇气。所以，她没有提到"游艇意外"，她想等这件事告一段落后，再和谢俊好好聊聊。

"小心！"突然冒出的声音让她停下脚步，回过神时，楚艾钰才发现自己面前有一个不深不浅的水坑，要是一不小心踩下去，一定会摔得特别狼狈。

陈希走到她身边，扬起恰到好处的笑容："林阿姨说你来这儿做采访任务，正好我也在这附近。"

正好？楚艾钰笑了笑，什么时候，陈希竟然可以这么若无其事地撒谎了？

陈希猜不透她的想法，但这几天她对自己的刻意疏远，他是真真切切感受到的。

“上次你约我去操场，是有话对我说吗？”陈希隐约感觉，他们之间出现问题是从那个晚上开始的。

难道说——那个电话，她听到了？

陈希不着痕迹地紧张起来，正犹豫着要如何开口，楚艾钰已经拿起手机接起了电话。

叶萧凌的电话来得很及时，正好让她有机会避开陈希。谁知，刚接起电话，耳旁就传来叶萧凌的哭泣声。手机信号断断续续，楚艾钰根本听不清叶萧凌说了什么。

楚艾钰心里本就烦闷，听到叶萧凌号啕大哭后，大脑仿佛要炸裂。她揉了揉太阳穴，耐心地劝解着：“你先别哭，我马上过去找你，你在哪里……”

楚艾钰一边说着，一边拦下一辆出租车钻了进去，留下怔在原地、一脸无奈的陈希。

叶萧凌和楚艾钰约在了自家附近的小公园。

楚艾钰赶到公园时，叶萧凌的情绪已经平复许多。她坐在长椅上，呆呆地看着湖面，像是一只失了魂儿的木偶，眉眼间全是忧伤。

楚艾钰放慢脚步，紧挨着叶萧凌坐下来。她从书包里拿出纸巾，替叶萧凌擦了擦眼角的泪花，轻声询问：“发生什么事了吗？”

叶萧凌又抽泣起来，她吸了吸鼻子，难过地说：“我妈妈让我去澳洲上学。”

“澳洲？你一个人？”

“她和我一起去。”叶萧凌撇了撇嘴。

“那挺好啊，你不是说自己很喜欢澳洲吗？”楚艾钰松了一口气，她还以为是多大的事情呢。

叶萧凌不开心地低哼一声，抓过她手里的纸巾，在脸上胡乱擦了一通。

楚艾钰有些无奈，难道自己说错了话，惹她不开心了？楚艾钰捉摸不透叶萧凌的心思，见她气鼓鼓地咬着嘴唇，起身到不远处的超市买了两瓶矿泉水，又买了她喜欢吃的薯片。

她将矿泉水和薯片递给叶萧凌："别伤心了。"

叶萧凌接过东西，又任性地推到她的怀里："你帮我拧开，还有薯片的包装袋，帮我撕开。"

看在她心情不好的分儿上，楚艾钰全部照做。

叶萧凌哭了半天，早就渴了。楚艾钰刚拧开瓶盖儿，她就迅速夺了过来，仰头喝了半瓶。可是，过了一会儿，刚刚喝进去的水就又化作眼泪涌出眼眶。

"澳洲有你最喜欢的考拉、袋鼠，还有很多好吃的……"楚艾钰无计可施，只能细数澳洲的好，让她不要伤心。

"可是那里再好，也没有你，更没有哥哥和爸爸……"

"那你可以打电话啊，寒暑假也可以回来。"

"我可能不会回来了，妈妈已经在办移民手续了。"

移民？楚艾钰怔了一下，不是说于之行对她们很好吗？怎么会移民？

叶萧凌的亲生父亲嗜赌成性，所以叶垣君才选择离婚，带着不到一岁的她独自生活。很多年以后，叶垣君才遇到现任丈夫于之行，组成现在的四口之家。

"我喜欢于爸爸，我不想离开。爸爸也不同意我们离开的，可是妈妈非要走，都不知道她到底在想些什么。"叶萧凌说着，嘴巴一撇，又哭了起来。

楚艾钰不敢再问下去，但她隐约觉得叶垣君是因为于浅宸才选择离开的。毕竟那天晚上她离开后，叶垣君又和于浅宸聊了很久，也许聊天的内容会和移民的事有关？

叶萧凌很单纯，喜欢和讨厌都是明明白白地挂在脸上。“也没有你”这句话让楚艾钰感动，原来被人牵挂、信赖的感觉这么美好。所以，她不想把自己的猜测告诉叶萧凌，不忍心让天真的她徒增烦恼。

这么想着，叶萧凌突然钻到她怀里，抽泣地问：“微笑姐，如果我离开了，你一定要想我哦，不然我会很难过的。”

楚艾钰轻轻拍了拍她的后背，认真地说：“会的，我一定会很想很想你。”

她当然会想念叶萧凌，毕竟她是自己在星禹高中的朋友，也是唯一的朋友。

凌晨四点，夏晚晚从梦中惊醒。她扯了扯被冷汗打湿的睡衣，又掀开薄被，想把里面笼着的热气驱散，可过了一会儿还是觉得燥热难当。

“小林子——”她喃喃自语，回想起无数次梦到的场景。

初春的午后阳光正好，气温渐渐回暖，她和谢烨林坐在公园湖边的长椅上有一搭没一搭地聊着天。

半个小时后，谢烨林拎起地上沉甸甸的书包，扯了扯她的衣袖：“下午我还要去练琴，咱们回去吧。”

她没有回应，谢烨林又喊了一遍：“晚晚？”

“谢烨林。”她的语气闷闷的。

其实夏晚晚从来没有这样叫过谢烨林，她喜欢叫谢烨林“小林子”，这样会显得亲昵。

“你知道为什么你人缘好，却只有我一个朋友吗？”她看向谢烨林，对方的脸色一点点惨白，像是被戳中了软肋。

“因为你把重心全部放在了钢琴或者补习班上，根本没有时间分给想和你做朋友的人。现在，你连和我好好聊一次天都做不到了，我真的不想和你做朋友了。”

最后这句话很重，她记得说完这句话后，小林子什么话都没有说，但眼里全是无奈和哀伤。

现在想来，如果当初她没有赌气说出那句话，小林子也不会狠心离开。

夏晚晚无声地抽泣着，她拼命告诉自己不要再想下去，这个梦却总是不时地提醒她，让她被迫回忆。她希望知道这件事的人能将“谢烨林”遗忘，可实际上，最不愿意将她遗忘的却是自己。

手机振动了一下，是一个陌生号码发来的短信：**晚晚，你好，我是谢烨林的爸爸谢俊。我想约你10点在长兴中学操场见一面。**

谢俊没有在短信里交代到底有什么事，但夏晚晚还是察觉到了异常，谢俊怎么会突然约自己见面，还是在长兴中学？要知道，上一次见到谢俊还是在三年前，小林子离开后的第三天。

当时她夏晚晚正在上课，并不知道谢烨林的事情，只听老师说她请了假在家里休息。

当她犹豫着要不要等谢烨林回来后向她道歉时，一对夫妇突然毫无预兆地冲进教室。

男人气势汹汹地说：“谁是夏晚晚？”

一时间，所有人都看向她。

后来，一切变得很混乱，他们走到她面前，女人的哭泣声、男人的谩骂声、老师的劝解声、同学们的窃窃私语铺天盖地席卷而来。这时，她才知道，小林子不是生病了，而是永远地离开了，因为她说的话。

后来，在很长的一段时间里，她没再和任何人说过话。同学们对她指指点点，逐渐将她孤立，转学后，她才过上了相对平静的日子，虽然还是被人欺负，可是比起在长兴中学，这样的日子已经好很多了。

夏晚晚盯着短信出神，犹豫了很久，才打了一个字：好。

似乎怕自己后悔，她急忙按下了发送键。

楚艾钰也收到了谢俊的短信，说他会在长兴中学等夏晚晚过来，然后说出真相。收到短信后，楚艾钰急忙赶了过去，却被保安拦在门外。

谢俊没在短信里点明具体的地点，可现在正是上课时间，大门根本进不去，只有通向操场的后门才能进。果然，当楚艾钰跑到后门时，夏晚晚和谢俊正站在不远处的单杠旁说着话。

声音不大不小，刚好能被她听到。

“……对不起，当年是我们不对，没有调查清楚就将所有的事情都推到你的身上，叔叔向你道歉。”谢俊朝夏晚晚深深地鞠躬，态度很诚恳。

张丽没有来，偌大的操场上只有夏晚晚和谢俊。楚艾钰没听到全部的对话，所以她不知道谢俊到底有没有坦白谢烨林真正的死因，但那一句“对不起”也终于有了忏悔的意味。

夏晚晚站在原地，一直没有说话，她看着眼前的男人一副虔诚道歉的模样，只觉得有些讽刺。原来，害死小林子的不是自己，而是她的父母。

情绪一点点崩塌，她的双肩开始颤抖，双腿一软跌坐下来，嘴角的那一抹冷笑沉甸甸的，好似要把她压垮。

小林子，不是我，你听到了吗？不是我害死你的。

这一句迟到了三年之久的“对不起”，终于令夏晚晚失声痛哭起来，夹杂着无奈和些许的释怀。这场无休无止的噩梦终于结束了，她再也不用背负着自责和愧疚生活了。

楚艾钰揉了揉太阳穴，这一周以来听到的哭声、看到的眼泪，比她以往十七年来都要多。她犹豫了一下，准备等夏晚晚离开之后再出现。

因为，她还有一件很重要的事，需要向谢俊求证。

等了将近十分钟，夏晚晚才抽泣着离开。

楚艾钰走到谢俊身边，纠结着要如何开口。谢俊反倒不意外，熟络地朝她打招呼：“微笑啊，你来了。”想了想，他又接着说：“如果烨林还在的话，我真希望你们三个人成为朋友……”

楚艾钰怔然，笑着否认：“其实，我和夏晚晚只是同学，算不上朋友。”说完这句话后，她看到谢俊眼里闪过一丝的诧异。

也是，换作谁都会疑惑吧？既然不是朋友，为什么要这么费心费力地替她“伸张正义”呢？其实楚艾钰不觉得自己在帮夏晚晚，她只是对事情的真相有种近乎偏激的执着。

“我会在日报上刊登道歉信，向所有人澄清事实真相，但我不想让太太卷入风波，所以不会提及她的名字……”

谢俊知道，如果刊登了道歉信，他肯定会卷入舆论的旋涡，承担应有的惩罚。

他想过退缩，可后来又放弃了，既然都已经决定说出真相，那么就将赎罪进行到底吧。只有这样，女儿才会安息啊。

听到谢俊的话，楚艾钰抿了抿唇，淡淡地“嗯”了一声，看起来有些心不在焉。

“还有什么事吗？”谢俊问道。

“我想向您求证一件事。”楚艾钰坚定地望着他，“或者说，另一个真相。”

第八章 梦魇重生，往事浮现

方才还是晴空万里，转瞬间就下起了小雨，楚艾钰和谢俊走出操场找了个避雨的甜品店，刚走进去，雨势就大了起来。楚艾钰望着窗外倾盆的大雨，将那晚在游艇上发生的事斟酌着告诉了谢俊。当然，她没有表明自己的真实身份。

一开始，楚艾钰并没把握谢俊会说出真相，但经过夏晚晚这件事后，她认为谢俊会说出来。如果游艇意外只是简单的事故，那么谢俊只需要说出自己知道的事情就可以了，可他一直沉默着，似乎在权衡着什么。而他的态度恰恰让楚艾钰确定，游艇事故必有蹊跷，而且谢俊知道内幕。

楚艾钰耐心地等了很久，谢俊才开口。

“事故发生后，我的手受了伤，所以只能将拍摄的照片给了同事，想让他代劳报道。”谢俊认真地回忆，“但就在报道的头一天，我收到一封恐吓邮件。”

“恐吓邮件？”

“嗯，恐吓者让我撤销相关报道，不然的话，我的前途不但会受影响，家人也会遇到危险……我不能为了一个没有任何好处的报道，拿家人的安全做赌注。”谢俊顿了一下，“而且，韩先生也曾打电话叮嘱我，让我不要对外界宣扬这件事。”

韩栋果然在其中动过手脚。

“那封邮件还在吗？你有查过 IP（互联网协议地址）地址吗？”楚艾钰追问道。

“邮件我早就删除了，就连相机里的照片也删掉了。”当时谢俊只顾着害怕，什么都没有多想，更不愿意追查下去。所以，他将该删的一切都删除了，还告诫同事不要报道这件事。

“那您的同事……”

“她叫汪志杉，我叮嘱过她不要报道这件事，虽然她没有报道，但没多久就离职了，没人知道她的下落。”谢俊回答道。

楚艾钰的心彻底沉了下去。韩栋这个老狐狸，早就将所有线索断得干干净净了。

“微笑，虽然我不知道你为何要追查这件事，但是我劝你就此放弃。这件事没你想象的那么简单，背后会牵涉很多人。”谢俊不知道她为什么会对游艇事故这么感兴趣，可是作为从业二十多年的记者，他能嗅到游艇事故的异常，所以单纯地不想一个涉世未深的女孩卷入这件事当中。

见她不为所动，丝毫没有把自己的话听进去，谢俊又接着劝道：“如果知道你探听这件事，韩先生肯定会不放心的。”

楚艾钰回过神，抱歉地笑了笑：“其实，我只是对事情的真相比较好奇，没有想太多。不过，既然您这么说了，我肯定不会再问这件事了。”

虽然她表面上波澜不惊，可是心里紧张得七上八下。刚刚，她差点儿暴露自己，让谢俊察觉到自己的异常，所以，她及时止住了话题。

谢俊应该不会怀疑自己的身份，就算是起了疑心，也不敢告诉韩栋。因为在他心里，早已对韩栋有了猜疑，不可能再去触碰这件事。

可能是这一天耗费了太多精力，回到韩家之后，楚艾钰只觉得浑身疲惫，匆匆洗完热水澡回了卧室。

入了秋，窗外吹来的风总算带来一丝清凉，楚艾钰躺在鹅绒薄被里，眼皮越来越沉。不一会儿，困意袭来，她舒服地翻了个身，睡了过去。

恍惚间，天色仿佛暗了下去，墨色的云渐渐逼近，浓得几乎要坠下来。

楚艾钰站在甲板上，看到周围的人慌乱地奔跑着，而那个男人从船舱里缓步走出……

再次看到这幅烂熟于心的画面，楚艾钰意识到自己又坠入了梦境之中。她痛苦地挣扎着，想要逃离这个梦境，却怎么也醒不过来。

乌云笼在头顶，她看到男人向自己走来，和以往不同的是，这次的梦到这里并没有结束，而是一直延续下去，出现了新的画面。

男人步伐沉稳，走到她面前按了按帽檐，露出那抹诡异的笑容……她看到男人风衣上极短的线头，被海水打湿的裤脚微微上卷，露出半截白色的袜子，甚至能看清袜子表面泛起的层层茸毛！

而这些细节，从来没在之前的梦里出现过。

“救命！救救我……”楚艾钰猛地醒过来，大口大口地喘着粗气。

“微笑，你怎么了？”意识渐渐回笼，她看到林玥芬一脸担忧地看着自己。

“我没事，就是做了个噩梦。”楚艾钰努力地平复情绪，若无其事地回答。

林玥芬轻轻地拍了拍她的肩膀：“没事就好，刚刚路过你房间时听到你在说梦话，不放心，所以进来看一下。”

“梦话？”楚艾钰紧张起来，她不会说了一些不该说的话吧。

“是啊，含含糊糊的，一直在喊救命。”林玥芬心有余悸，用手背贴了贴她的额头，确认不是发烧之后才松了一口气，“不要害怕，终究只是一个噩梦而已，可能是你最近太累了。”

是这样吗？可是她已经很久没有梦到过这些场景了，而且今天这个梦和以往的不太一样。几乎没有任何铺垫，直接从那个戴着鸭舌帽的男人开始，然后将所有的细节一一铺陈开来。她不太确定那晚在甲板上，自己是否真的看到那么多的细节，按照常理来说，当时那个男人与自己有一定的距离，所以，她不可能看得那么清晰。难道，这些只是她产生的幻觉？还是说，她明明看到了，却因为害怕而忽略了？

楚艾钰任由林玥芬将她凌乱的发丝别到耳后，眼角的余光瞥见了站在门外的韩栋。

韩栋沉着脸，目光森冷。他见楚艾钰发现了自己，推开门走了进来。

“老韩，没事儿，她就是做了个噩梦，你不用担心。”林玥芬笑了笑。

韩栋“嗯”了一声，淡淡地看了楚艾钰一眼，转身离开。可是楚艾钰察觉到了韩栋目光里的深意。

“你手心怎么这么凉？”林玥芬握着她的手神色焦虑，“我跟你们老师请个假，明天带你去医院看看。你这样，我不放心。”

“不用！”

冷不丁听到这句话，林玥芬怔了一下。楚艾钰也发现自己有些失控，随即缓和了语气：“您别担心了，我真的没事。”

第二天一早，林玥芬还是带她去医院做了检查，医生很尽责，检查完之后又问了楚艾钰很多问题。

“她的身体状况还是很不错的，做噩梦很可能是由学习压力大、睡眠不足造成的。高三的学生，多多少少都会出现这种情况，您要帮助孩子调节心理压力……”

听到医生这么说，林玥芬这才放心，回去的路上，又亲自去了超市，说要给楚艾钰补补身子、压压惊。

“都怪我没有好好照顾你，没有及时帮你调节压力，你高三了……”林玥芬一直在埋怨自己，楚艾钰也不知道如何开口，只能默默地推着购物车跟在她身后。

“我记得你喜欢吃火龙果，你等在这儿，我到水果区挑几个。”林玥芬弯眸，笑得极为好看，“上次吃饭时，我见你吃了几块，平常你都不怎么吃水果的。”林玥芬补充道，眼里带着未散的笑意。

楚艾钰怔了一下，下意识地点了点头。

在韩家，她总是克制自己，不轻易透露自己的喜好。

她是喜欢吃火龙果，但从没告诉过林玥芬。没想到，她连细枝末节都这样留意。

超市里闹哄哄的，水果区挤满了人，林玥芬夹在人群之间，手足无措。

作为富家太太，她很少去超市，一般都是陈婶买菜、做饭。乍见到这种场面，她有些不适应。

上了年纪的大爷大妈们眼疾手快地将新鲜的火龙果挑走，林玥芬有些着急，刚伸出手，手背却被人抓伤。

楚艾钰看到这一幕，眼眶有些发酸。她觉得自己越来越分不清林玥芬对自己的感情，她到底是为了寄托对韩萱然爱，还是真的就对自己那么好？

新鲜的火龙果都被人挑走了，林玥芬只拿到几个卖相还不错的。楚艾钰看到她的手背略微红肿，上面凸起的抓痕格外刺眼。可林玥芬丝毫不在意，眼里盛满了愧疚：“这几个应该也挺甜的，不甜的话，再买就好了。”

楚艾钰没有说话，接过火龙果，塞进了购物车，然后在林玥芬转身的刹那，偷偷揉了揉眼睛。

回到家后，林玥芬亲自下厨，陈婶想要帮忙，却被她推三阻四地劝了出去。楚艾钰怕她一个人忙不开，主动提出帮忙，林玥芬欣然同意。

可楚艾钰心不在焉，不是把碗摔碎，就是弄掉锅铲。

林玥芬见状，连忙将楚艾钰推出厨房：“你再多待一会儿，厨房的碗都会被你摔没了。”也许是怕她多心，又补充道：“其实，我是担心你受伤，你这么心不在焉的，一会儿被刀伤到就不好了。”

楚艾钰当然知道林玥芬是为她好，不然也不会一回到家，就亲自下厨。不过，看到她手背上的伤痕，楚艾钰还是有些难过。

如果林玥芬对她冷淡点儿，不那么热情，她的心里都能轻松些。可偏偏林玥芬一直毫无保留地关心她，对她好，好得让她不敢靠近。

“先去客厅看会儿电视吧，一会儿饭就好了。”林玥芬催促道。楚艾钰点了点头，走到客厅，打开电视。

电视里正播着时下热门的仙侠剧，男女主历尽千辛万苦终于走到了一起。

演员的演技在线，画面也唯美，可楚艾钰根本看不下去，脑海里浮现的全部都是林玥芬手背上的伤痕。

吃过晚饭后，林玥芬出了门。楚艾钰见她只穿了一件薄薄的针织衫，急忙去楼上拿了自己的外套追了出去。林玥芬并没有走远，而是在别墅旁的花园里打电话。楚艾钰走近了一些，听到她在说自己的事情。

“高医生，你是这方面的专家，微笑最近情绪不高，我担心她心理有什么问题。你能过来给看看吗……你过来的时候不要表明心理医生的身份，我不想让微笑有压力，微笑挺敏感的，在家里也不怎么说话，我怕她一个人憋着，要憋出事儿了……”

原来，从始至终她在韩家的情绪，林玥芬都看在眼里。林玥芬可能不知道怎么和她沟通，只好借她做噩梦的机会，带她看医生，将自己的担心暴露出来。

楚艾钰鼻子一酸，匆忙跑回房门关上门，深深地吸了口气。

眼泪无声地滑落，她不想哭的，可是心里太难过了。

过了很久，楚艾钰才平复好心情。

她想找人聊聊天，说一些无关痛痒的话题，好让自己不要再胡思乱想。

打开手机，联系人里却只有林玥芬、于浅宸和叶萧凌。楚艾钰想起来，陈希的联系方式早在半个月前就被她删除了。

其实，她从未和陈希说过什么心里话，但是陈希为人沉稳、心智成熟，一定会宽慰自己。所以，如果他们的关系没有破裂，她一定会选择将所有的心事告诉他。

手机振动了一下，是于浅宸发来的短信：班主任说你请假了，生病了？

关心来得太突然，楚艾钰竟然不知道怎么回复，总不能把事情一五一十地告诉他吧。她将编辑好的短信删了又删，最后只剩下简短的几个字：小感冒，不用担心啦。

于浅宸很快回复：我也想生病，这样就不用上学了。

楚艾钰“喊”了一声，趴在床上回复道：我明天就把这条短信拿给班主任看，让她好好教训你一顿。

明天周六，又不上课，你糊涂了？

周六？楚艾钰看了一眼手机，猛地一拍脑门。晚饭时，林玥芬说周六要带她去游乐场放松一下，她还以为是后天。

明天我要去游乐园，太晚了就不跟你聊了，晚安。

匆匆发完短信后，楚艾钰准备睡觉，手机屏幕亮了一下，是于浅宸的短信，可她没有回复。

第二天一早，楚艾钰刚睁开眼，就听到林玥芬的声音。

“微笑，洗洗脸下来吃早饭了。”

“好！”她极快地应了一声，伸了个懒腰下了床。

梳妆台上放着很多她叫不出牌子的护肤品，价格贵得让她咂舌。不过这些都是林玥芬提前给她准备好的。林玥芬在钱上从不吝啬，经常给她买衣服、护肤品，每个星期还会给她几百块的零花钱。可楚艾钰一分都没动，全部存了起来。

有的时候，楚艾钰心里会浮现一丝罪恶感。

林玥芬对她这么好，她却挖空心思，步步为营。这算不算农夫与蛇的故事？可是这种罪恶感不会持续太久，她会时刻提醒自己，自己的人生就是韩栋造成的，林玥芬对她再好也弥补不了韩栋对她的伤害。

“唉……”楚艾钰叹了口气，抬起头，却被镜子里的自己吓了一跳。

镜子里的她头发乱蓬蓬的，一点儿光泽都没有，眼睛肿肿的，挂着两个浓重的黑眼圈，嘴唇有些干裂，布满细细密密的唇纹。如果再披件红衣服，大概可以吓人了。

也难怪林玥芬多想，她看起来的确很憔悴。楚艾钰轻轻拍了拍脸颊，决定要好好拾掇一下自己。

她简单地化了个淡妆，将头发盘成俏皮的丸子头，又从衣橱里找出一件樱花刺绣的淡粉色格子裙。

看起来舒服多了。

楚艾钰满意地打量着穿衣镜里的自己，却在不经意间瞥见了眼角的疤痕。痕淡了很多，但细看上去还是很明显，她用化妆笔在眼尾处画上蝴蝶，又将刘海稍微放下来一些，总算遮盖住了。

收拾好之后，楚艾钰才想起回复于浅宸。

游乐场？我都没去过。短信安安静静地躺在手机里，因为没收到回复，他半个小时后又发过来一条：**睡着了？**

楚艾钰想了想，回了一句：**昨天太晚了，就没有回复你，现在我要出门了，周末愉快！**然后在林玥芬的催促声中下了楼。

陈姨刚刚摆好碗筷，听到楼梯处的脚步声下意识地望了一下，然后冲林玥芬眨了眨眼。

林玥芬抬起头，在看到楚艾钰的一瞬间眼前一亮。

绣着樱花花瓣的淡粉色的格子裙将她的肤色衬托得更加白皙，乳白色的娃娃衣领又显得她可爱俏皮，袖口处的镂空樱花若隐若现，依稀能看到她细滑的手臂。

林玥芬记得，这件格子裙还是第一次她们去商场时，楚艾钰自己选的，不过买回来之后，却没见她怎么穿过。

“微笑，你今天打扮得真漂亮。”陈婶由衷地感叹。

“我们微笑底子好，穿什么都好看。”林玥芬眼里的笑意很明显，“洗洗手准备吃饭吧，我们得早点儿去游乐场，今天周六，人肯定特别多。”

繁都最大的游乐场建在城郊，最近两年才开始营业，游乐设施很全，人也很多。

楚艾钰站在人群里，听着周围的笑声，心里突然涌上一层难以言说的情绪。

六七岁的时候，她有一次哭得很凶，吵着要买玩具店里的芭比娃娃，爸爸没有答应。

她使了小性子，直接躺在地上哭，怎么劝都不停。爸爸百般无奈，只好扛着她来到儿童游乐场，把她放在秋千上荡秋千。

荡啊荡啊，她就不哭了。

“微笑，你想玩什么？”这种地方，林玥芬一次都没来过，所以也不知道要从哪个项目开始。周围的尖叫声此起彼伏，即使她们来得早，但人还是很多。

“人好像越来越多，咱先选两个项目吧，我让老钟替咱们排队。”她皱着眉提议。

楚艾钰犯了难。云霄飞车、激流勇进、丛林探险……每个项目听起来都很有意思，她都想尝试。可林玥芬温柔如水的性子，应该不喜欢这些刺激的项目。

“咱们先坐摩天轮吧，排队的人挺少的。”楚艾钰想了想说。

林玥芬的脸上闪过一丝尴尬，但还是硬着头皮咬牙答应：“好，咱们先去坐摩天轮。”

高耸入云的摩天轮足足高达一百八十米，远远望去就像由许多钻石形状的图形组成的一朵盛开的花朵。

纯球形的全景座舱里配备了舒适的座椅，可以容纳十名游客，转上一圈至少需要二十分钟。

楚艾钰坐在靠窗的一侧，林玥芬紧挨着她坐下。过了一分钟，座舱晃动了一下后缓缓上升，与地面的距离也越来越远。舱内其他的人在四处走动，找各个角度摆姿势拍照。

楚艾钰趴在窗户上往下望，拔地而起的高楼大厦，此刻似乎停留在二维空间里，变成一个扁平的图像，没有了往日的气势。纵横交错的街道组成杂乱的楔形文字，散乱在每个角落。

起初，她还能看到豆子大小的人，再到后来，就只能看到密密麻麻的一片。

楚艾钰不由得发出一声感叹。原来从一百八十米的高空看到的世界，是这个样子。

走动的人很多，还有好动的小孩在座舱里乱蹦乱跳。座舱突然晃了一下，尽管只甩出一个小小弧度，却足以让斜对面战战兢兢的女孩惊呼出声。

突然袭来的失重感让楚艾钰有些害怕，她收回视线，回过头时瞥见林玥芬脸色惨白，胸口剧烈起伏。林玥芬的身体绷得很紧，双手颤抖着紧紧抓着座椅边缘。

“您怎么了？”楚艾钰吓了一跳，握住她的手。

林玥芬回过神，努力调整状态：“没事……就是……有点儿不习惯。”她努力扯出一个微笑，可明显僵硬的笑容直接暴露了她的害怕。

“是不是有恐高症啊？”坐在对面的阿姨好心提醒，“闭上眼睛，这样可能会好些。”

楚艾钰手足无措，一听到“恐高症”直接红了眼眶，她马上给司机老钟打了电话，让他到下面接应。

“别担心，我没事……”林玥芬拍了拍楚艾钰的手，靠在她肩头闭上眼睛。

楚艾钰登时自责起来。刚刚在排队时，林玥芬说在下面看着就好了，让她一个人坐。是她不细心，不但没发现林玥芬的异常，还说一个人坐没有意思。

如果知道林玥芬有恐高症，她绝对不会答应来游乐场，更不会提出坐摩天轮。要是林玥芬出了什么事，她恐怕这辈子都没办法原谅自己。

对面的阿姨很热心，一边安慰着楚艾钰不要慌张，一边想办法舒缓林玥芬的紧张感。

下了座舱之后，林玥芬的状态有所好转，却坚持不去医院，说休息一下就可以了，还叮嘱老钟回去不能将这件事告诉韩栋。

“我是不是太差劲了？让你丢脸了。”林玥芬一脸受伤，语气里全是自责。

楚艾钰拼命地摇头，豆大的眼泪甩到地面，却怎么也发不出声音。

“哥，你怎么了？”叶萧凌轻轻推了推于浅宸。

前两天于浅宸突然在半夜搬回家，让她和妈妈又惊又喜，今天早上又忽然心血来潮地带她来游乐场玩儿，问他原因也不说，现在，又一动不动地盯着摩天轮发呆，也不知道在想什么。

顺着他的视线看过去，叶萧凌惊呼出声：“咦？那不是微笑姐吗？她今天真漂亮！”说着，叶萧凌就朝着她走过去。没想到刚走出几米就被于浅宸一把拎住衣领往回拽，拽出好远才松开手。

“哥，你干吗拽我？”叶萧凌扯了扯被于浅宸弄皱的衣领，一脸的不快。

手里的冰淇淋化了一半，滴在她前两天才买的百褶裙上，叶萧凌五官皱成一团，愤愤然跺脚："好几天没看到微笑姐了，我们过去和她聊聊天嘛。"

可于浅宸一脸平静，没有丝毫动容。

叶萧凌眨了眨眼睛，接着说："难道你是因为害羞才不见微笑姐？"

"不是。"于浅宸脱口而出，"她心情不好，你别过去烦她。"

他的确没有撒谎，韩微笑红着眼眶，似乎刚刚哭过。以她的性格，是不想让别人看到自己狼狈的模样的。所以，他不能过去。

叶萧凌扁着嘴："可是——"

"别可是了，再不吃，冰淇淋该化完了。"于浅宸指了指叶萧凌手里的冰淇淋。

一听到这句话，叶萧凌急忙将化了一大半的冰淇淋往嘴里送。嘴里有了东西，她也就不再唠叨，只是默默地看着于浅宸。

"哥，你担心微笑姐？"吃完冰淇淋后，叶萧凌犹豫很久，才问出这句话。

于浅宸怔了一下，随后避开叶萧凌拷问的目光，想要回避这个问题。

叶萧凌来了兴致，不依不饶地问："你肯定担心微笑姐，而且是重量级的担心。"

于浅宸不客气地瞪了她一眼，转身就要往大门外走。

叶萧凌急忙挡在他面前："不说了，不说了，我不提微笑姐还不行吗？"

于浅宸没理她。

叶萧凌早就习惯了他的态度，比起以前连话都不听她说完的惨状，于浅宸能在这里听她说话，已经是历史性的跨越了。

“不过，微笑姐看起来好像很伤心的样子，你真的不过去看看……”话还没说完，叶萧凌就后悔了，不是说好不提这事儿嘛，她怎么就控制不住自己的快嘴？

她垂头丧气地站在原地，认定于浅宸肯定会连看都不看她地大步离开。

“啊啊啊，哥，你怎么知道我想坐过山车？”见于浅宸虽然离开，却朝着过山车的方向走，叶萧凌又兴奋起来，急忙追了上去。

于浅宸扶额，他根本不想坐什么过山车，只是随便选了个方向想避开叶萧凌这个唠叨狂而已。他怎么会这么想不开，居然带聒噪的叶萧凌来游乐场？自掘坟墓，应该就是这样了吧。

挨不住叶萧凌的软磨硬泡，于浅宸陪着她坐了一遍过山车，本想她能吓得安静一会儿，结果坐完过山车之后，自己差点儿吐了，旁边的某人却和打了激素一样亢奋，嚷嚷着还想再玩一遍。

“哥，我们去坐摩天轮吧！”

坐了三遍过山车之后，于浅宸腿软得站不起来，可叶萧凌依旧像没事人一样，扯着自己的衣袖往摩天轮的方向走。他刚想拒绝，却想到韩微笑发红的眼眶。

其实，于浅宸心里还是很担心她的，想知道到底发生了什么事，可嘴上倔强地不愿意承认。怕叶萧凌看出自己的心思，他故作无奈地点了点头：“真拿你没办法，走吧。”

“哇，哥你今天简直太棒了！”虽然料到了于浅宸的答案，可叶萧凌依旧装作一副兴奋的样子。

长椅旁早就没了她的身影，叶萧凌失落地耷拉着眼角：“本来想和微笑姐打声招呼再坐摩天轮的。她现在不在，我都没心情玩了。”

于浅宸不屑地“嘁”了一声。

摩天轮排队处在长椅对面，可她拽着自己一直打量着四周，看样子，找人是真，坐摩天轮是假。

见于浅宸好像猜透了自己的心思，叶萧凌索性承认：“我就是想找微笑姐嘛，人家担心她嘛！可是你又不让我见她，我只能找个借口啊。”

于浅宸冷哼一声，用眼神比了比不远处露天的冷饮店，叶萧凌看过去，发现韩微笑正坐在里面。

“哥——”叶萧凌眼巴巴地看着于浅宸。

“想过去？”于浅宸撇了撇嘴，了然地说。

叶萧凌点头如捣蒜。

于浅宸无奈地答应，要求她低调点儿，先观察一下情况，再去打招呼。叶萧凌满口答应，却左躲右闪，一进门就结结实实地撞上了人，吸引了店内游客的目光。

幸好韩微笑背对着他们，没有转过来。

好不容易找到座位，叶萧凌又大张旗鼓地拿起菜单点单。于浅宸抽了抽嘴角，“低调”这个词，叶萧凌好像真的无法理解。

叶萧凌点了一杯草莓奶昔，刚抿了一口，就嚷嚷起来：“送错了，送错了，我要的是草莓奶昔，不是芒果的。”

叶萧凌的声音让林玥芬弯眸一笑：“微笑，那两个是你同学吧？从刚才就一直在看我们……”

楚艾钰好奇地转过头，在看到于浅宸时，诧异地睁大眼睛。于浅宸正百无聊赖地咬着吸管，冷不丁地对上她的视线后，整个身子都僵住了。

为了缓解尴尬，他拉起叶萧凌走到林玥芬身旁，礼貌地打了声招呼：“林阿姨好！”

叶萧凌俏皮地吐了吐舌头，也说了一声：“林阿姨好。”

“原来是你们俩啊。”林玥芬露出温柔的笑容，“浅宸，你爸爸最近身体好吗？”

“我爸他最近比较忙，不是开会就是出差，我也见不到他。”

“这样啊，那可要提醒他注意身体啊！”

林玥芬和于浅宸唠着家常，叶萧凌也没闲着：“微笑姐，咱们真是心有灵犀，竟然在这里碰到……”

于浅宸恨不得立即捂住叶萧凌的嘴将她拖走。哪里是心有灵犀，他是知道韩微笑要来，才一时冲动拉着叶萧凌跟来的。

“微笑姐，你刚刚为什么……”叶萧凌的话还没说完，于浅宸真的捂住了她的嘴。她的嘴真的快得没边，怎么能说刚刚呢？这样一来，楚艾钰肯定会知道这次见面不是偶然了。

叶萧凌见于浅宸的眼里都能射出刀子，识趣地闭上了嘴巴。她挨着林玥芬坐下来，嘴巴像抹了蜜饯似的，一口一个“阿姨”。

“阿姨你身上好香啊。”“阿姨你皮肤好好啊。”“微笑姐那么漂亮，不愧是您的女儿。”

于浅宸注意到，林玥芬在听到叶萧凌最后这句话时，表情不太自然。

“林阿姨，我们还有别的事，先走了。”于浅宸向叶萧凌使了个眼色，然后拉着她快步离开，避免她再说一些没边的话。

叶萧凌虽然被于浅宸拽着衣领，可是依旧没有止住话头：“林阿姨，微笑姐，改天来我们家玩哦！一定要来我们家玩哦！”

她冲着楚艾钰不住地挥手，直到被于浅宸拽出很远之后才放下：“你怎么不让我和林阿姨多聊会儿，林阿姨好漂亮呢，而且说话声音也很温柔。”叶萧凌的思维跳得极快，话题一下子又回到刚才尴尬的局面上。

见于浅宸不说话，叶萧凌又接着说：“还有啊，你刚刚为什么捂我的嘴？是不是不想让我和微笑姐聊天？你不是也想知道微笑姐难过的原因吗？刚才的机会那么好，搞不懂你在想什么……”

“还有啊……”

于浅宸捂着耳朵，不听叶萧凌的碎碎念。他暗暗发誓，回去一定要拿胶带把这个唠叨狂的嘴巴封起来。

第九章 恶魔的面孔

星禹高中新生开学比较晚，足足比高三生晚了一个星期。所以，当楚艾钰背着书包往教室赶时，看到的都是新生们不紧不慢去报到的场景。

看着这一张张青涩的脸庞，楚艾钰突然意识到自己已经高三了，在初来乍到的学弟、学妹眼中当数“古董级”人物。

大多数的新生都是和家长一起来的，他们亦步亦趋地跟在父母身后，用怯生生又带有一丝憧憬的眼神打量着新的校园。去教室的路上，楚艾钰一连遇到好几个向她问路的新生，他们一口一个“学姐”叫得亲热，这个称呼却让她的压力感倍增。

图书馆旁的景观路上，各个社团在招新，阵仗一个比一个大，宣传声此起彼伏，特别热闹。

楚艾钰好奇地走近了一些，却从混乱的人群中看到了陈希的身影，他穿着米白色的连帽卫衣，笑容明媚地站在亮黄色的简易帐篷下，正和几个新生聊着天。

陈希还没开学，应该是学生会的学弟、学妹们想要借他的名气好好宣传一下，把他拉来的。

楚艾钰顿住脚步，几乎没有任何犹豫地转身离开。

几天前，于浅宸借走了她的语文作业本，说今天还给她，可直到下课，他都没有出现。

楚艾钰特意给他发了一条短信，问他为什么没来上课。于浅宸很快回复，说自己昨晚吃坏了肚子，去了医院，不过现在已经好了，正在来的路上，让她去操场等他。

操场上人很少，楚艾钰随便找了一条长椅，刚刚坐下，就听到背后传来的窃笑声。转过头，一个一人多高的白熊人偶出现在她面前。

“啊啊啊——”楚艾钰吓了一跳，下意识地往后退了好几步。

来操场的路上，她就觉得被人跟踪，可每当她回头时，又看不到人，难不成是这只大白熊？

楚艾钰紧张得咽了口唾沫。可是，谁会在学校里穿着白熊玩偶服大摇大摆地跟踪人啊，该不会是变态吧！

楚艾钰被自己脑海里冒出的想法吓住了，她默默地攥起拳头，寻找“逃跑”的路线。

正当她想要顺着操场侧门离开时，白熊突然迈着笨重的步伐朝她走过来。

“我数十下，你再过来，别怪我不客气了啊！”楚艾钰大声喊着，急得在原地跺脚。

不知道是不是离得太远的缘故，白熊好像没有听清她的话。楚艾钰闭上眼睛，在白熊距自己只有半米时，握紧拳头朝着对方的肚子挥了一拳。

白熊完全没料到自己会被攻击，一个重心不稳，踉跄了几步后仰面栽倒在地。

玩偶服太过笨重，白熊挣扎了好几次都没有爬起来，只能四脚朝天地躺在地上。

“变态狂，你刚刚是不是在跟踪我？”楚艾钰抱住熊脑袋，又挥了一拳。

白熊用笨重的双臂护着脑袋拼命摇头，如此激烈的反应，更加重了楚艾钰的疑心。

楚艾钰加重了力道，想要将熊脑袋摘下来，快要成功时，叶萧凌突然从槐树旁兴奋地探出头：“微笑姐加油！”

听到叶萧凌的声音，楚艾钰有点儿蒙，想到于浅宸让她去操场的短信，突然意识到了什么。

她瞪大眼睛坐在原地，看到白熊慢悠悠地坐起来……下一秒，映入楚艾钰眼帘的就是于浅宸一头类似鸟窝的头发和夸张的一字眉。而且，他的颧骨上还有两团腮红，唇角的一颗黑点也格外显眼。

太有冲击性了！楚艾钰憋着笑，脸涨得通红。

“闷死我了！叶萧凌你出的什么鬼主意！”于浅宸大口大口地呼吸着新鲜空气。

楚艾钰强忍笑意，看了看于浅宸，又看了看叶萧凌：“叶萧凌，你在搞什么鬼？还有，于浅宸，你怎么变成这样了？”

“微笑姐，这妆容好看吧？我照着如花化的。”叶萧凌凑到她面前，压低声音，“我哥是不是特别适合这个装扮？”

“如花？不是说好化小丑妆吗？”于浅宸瞪了她一眼。

“可是化着化着，我就觉得如花更适合你，所以……就自由发挥了一小下。”叶萧凌扑闪着大眼睛，趁于浅宸不注意，拿出手机拍了照片。

于浅宸挣扎着从地上站起来，伸手要抢手机，可是被叶萧凌灵活地躲开了。

“……你先追到我再说吧！”叶萧凌冲于浅宸吐了吐舌头，一溜烟跑远了。

“死丫头！你给我等着！”于浅宸恨得咬牙切齿，把熊脑袋扔在一边追了上去。

叶萧凌在前面扮鬼脸挑衅，于浅宸顶着一脸如花妆又气又恼地在后面追。

看到这一幕，楚艾钰实在忍不住，笑出了声。

看到她开怀大笑的模样，于浅宸的唇角也不由得浮上一丝笑意。也算值得了吧？虽然被化成这副样子，至少让她开心的目的达到了啊。

叶萧凌反应很快，总是在于浅宸快要抓到她之后，一个转身，“嗖”地又跑没影。

于浅宸索性放弃，去了卫生间。

叶萧凌见于浅宸不再追她，松了一口气，走到楚艾钰身边，一屁股坐在地上：“累……累死我了。”虽然嚷嚷着自己累，可嘴巴还是没休息，一个劲儿显摆自己如何施展计划，如何糊弄于浅宸，把他变成如花。

跑了这么久，她的额角沁出一层细密的汗珠，楚艾钰递过矿泉水，看她丝毫不做作地拧开瓶盖，“咕噜噜”地喝了大半瓶。

虽说入了秋，可下午的阳光还是很强烈，楚艾钰侧了侧身，整个人陷入树荫里。

黄澄澄的日光透过头顶树叶的缝隙落在叶萧凌红润的脸庞上，将她衬得越发可爱俏皮。

楚艾钰盯着叶萧凌的侧脸有些出神，她是那样阳光乐观，无论遇到什么难题，都不会放在心上。也多亏了她，才能让自己内心冰冷的角落重新温暖起来。

“对了，你移民的事情怎么样了？”楚艾钰犹豫着开口，“而且，和于浅宸的关系也缓和了很多。”

“差点儿忘记告诉你了……”叶萧凌来了精神，眨了眨眼睛，说，“我妈答应留下来了，我不用去澳洲了！这都是于浅宸的功劳，他一搬回家，妈妈就不走了。”

“于浅宸搬回去了？”楚艾钰有些诧异。

“是啊，意外吧？我也超意外的。”

叶萧凌絮絮叨叨地诉说起来……

原来，就在叶萧凌找她哭得昏天黑地的那天晚上，于浅宸突然拉着行李箱回了家。

于之行出差还没有回来，家里只剩叶垣君一个人，听到有人开门，她以为是小偷，连忙到厨房拿了一把水果刀。打开灯，就看到正在玄关换鞋的于浅宸。

场面不能再尴尬了。

叶垣君连忙将水果刀背到身后，解释起来：“小宸，你别误会，我……以为是小偷进来了。”

纵然叶垣君是长辈，可面对于浅宸，她还是觉得愧疚，姿态自然放得很低。

于浅宸没有说话，叶垣君不知道接下来该说些什么，只能手足无措地站在原地，生怕说错话惹他不耐烦。

空气静了很久，叶垣君觉得于浅宸不会理自己，正打算离开，于浅宸却叫住了她。

“家里……有面条吗？”于浅宸拉着行李箱走到她面前，平静地问。

叶垣君愣了好几秒才反应过来：“有有有。你等我十分钟，马上就好。”她的眼里浮起一层水雾，慌慌张张地去厨房忙活起来。

叶萧凌回家的时候，于浅宸正坐在餐厅安静地吃着面。

哭了很久，肚子早就饿了，叶萧凌的注意力全在于浅宸面前那碗香气四溢、热气腾腾的面条上。她眼巴巴地望着妈妈，吞了一下口水：“妈，面条还有吗？”

叶垣君摇摇头，却在于浅宸吃完面之后，又给他盛了满满的一碗。

那个瞬间，叶萧凌觉得自己是捡来的。

说起来，那天晚上好像也没有发生什么特别的事，吃完面条之后，于浅宸就回房间睡觉了。倒是叶萧凌，一晚上都没睡着。她好奇于浅宸为什么会突然回家，却又不敢开口问，只能自己憋着。后来，她和于浅宸之间的关系有所缓和，偶尔还会说几句话，所以大着胆子问他搬回来的原因……

说到这儿，叶萧凌顿了一下，故意卖关子：“你猜什么原因？”

“什么原因？”

“他就和我说了三个字‘想通了’。我现在都不知道他想通了什么。”叶萧凌噘着嘴，显然不满意于浅宸的答案。

“别管因为什么，只要他回家，就是好事啊！”楚艾钰安慰道，心里也好奇起来，难道是自己之前说的话起了作用？还是因为别的原因？

繁茂的槐树叶在她心里密密麻麻地交叠着，楚艾钰一时间晃了神，朝于浅宸离开的方向看了一眼。

“倦鸟归巢”，这个词也许更适合他。

于浅宸实在受不了这一身快要将他闷死的人偶服，以及叶萧凌给他化的如花妆，只好到男厕所将人偶服换下来，把脸洗干净。可搓得额头都红了，还是没将那该死的一字眉弄掉。

“死丫头……”他愤愤地骂了一声。

眼睛进了水，看不清楚，于浅宸摸了摸一旁的抽纸机，发现里面的纸早就用光了。

他刚准备用袖子擦，手心里突然塞进两张纸。

“谢谢啊！”他没有多想，擦完眼睛之后，抬头就看到镜子里正在朝自己颔首微笑的陈希。

厕所很暗，昏暗的灯光下陈希的脸色有些惨白，于浅宸差点儿没吓出心脏病来。

“你好。”陈希又笑了一下。

难道是来找自己“报仇”的？于浅宸对陈希有所防备，握紧了拳头。

陈希笑了笑，又说了一句：“放心，我找你不是因为上次的事。”

于浅宸干笑两声，粗暴地甩了甩手上的水。水花溅到陈希的衣领上，但他依旧神色淡然。

过于平静的表情让于浅宸心里发怵，他暗暗挺直脊背，对上陈希的视线：“找我有事？”

“嗯。”陈希点了点头，“不过，咱们能换个地方聊吗？”

厕所门口，确实不适合聊天，也不适合打架。于浅宸没有说话，转身往外走。

脸上的水分都蒸干了，芝麻大小的纸巾碎屑粘在额角，一抹全都掉下来，于浅宸大大咧咧地用袖子擦了擦，刚走到人工湖，就听到身后陈希的声音。

“你和微笑是朋友？”

于浅宸顿住脚步，语气笃定：“当然。”可能是觉察到陈希在试探他，又急忙补充道：“不过，只是普通朋友而已。”

普通朋友？陈希不动声色地笑了笑，想起刚才操场上那个穿着白熊人偶服、笑得肆意的少年。

“那……你是因为她的家庭背景？”陈希顿了顿，“或者说，你真的了解她吗？”

话题开始变得奇怪，于浅宸隐约有一种穿越到蹩脚偶像剧里的感觉。家庭背景？难道做朋友还需要考虑这个因素？

“我了不了解她和你有什么关系？”于浅宸不屑回答他的问题。

陈希斩钉截铁地说：“当然有关系，这对我很重要。”

他的眼神很认真，有一种不容拒绝的压迫感。于浅宸避开视线，漫不经心地说：“韩微笑很真实，也很坦荡，所以我把她当作朋友。”

更重要的是，她是他记忆中，那份独一无二的宝藏。

“真实？坦荡？”陈希重复了一遍，“如果你知道真相的话，还会相信她，守在她身边吗？”

于浅宸越发糊涂起来，根本不知道陈希想要说些什么。

“我不知道你到底想说什么，我还有事，先走了。”于浅宸下意识地想要逃离，却被陈希的话拦住了脚步。

“微笑她，不是韩家千金。”陈希语气平淡，但每个字都沉重地砸在于浅宸心里，让他喘不过气来。

“我……没有时间听你开玩笑。”于浅宸付之一笑，不愿相信陈希的话。

陈希似乎料到于浅宸的反应，抛出更多的证据：“韩微笑并不是她的真名，她的真名是——楚艾钰。”

楚艾钰。于浅宸默念了一遍。

“她是韩家的干女儿，和韩家没有任何血缘关系。”

于浅宸倏地转过身，语气有些颤抖：“不可能，我几年前亲眼见过她，她怎么可能是韩栋的干女儿？”

“韩栋的确有女儿，叫韩萱然，早就在一年前因病去世了。你记忆中的女孩，应该是韩萱然，然而不是楚艾钰。”陈希不紧不慢地解释。

韩萱然，因病去世。

“妈妈说等我长大了，给我买很多化妆品，我以后肯定会变得很漂亮。”

“那你还是别长大了，你变漂亮了我可就认不出你了。”

“哼！我现在不漂亮吗？不过要是长大以后没有现在漂亮，我宁愿不长大了。”

“女孩子家家，这么自恋不好。”

“喂！”

“怎么了？”

“你说——长大以后，你会不会认不出我啊？”

“不会。”

“为什么？”

“没有为什么啊，你的样子，化成灰我都认得。”

……

记忆中的声音在渐渐远去，于浅宸整个人都垮了下来。他的胸口微微起伏，双手不住地颤抖……

如此过激的反应，出乎陈希的意料，也并非他的本意。

其实，早在很早之前，他陪韩栋应酬时，就听于之行说起过于浅宸和韩萱然小时候的事。

也是那时，陈希才知道于浅宸认错了人。

也许是觉得楚艾钰太过可怜，又或许是出于彼此的惺惺相惜，他不愿意楚艾钰成为别人的替代品："微笑她很可怜，父母双双失踪。认识她以后，很少看到她笑得那么开心，过几天，我就离开繁都了，和你说这些，只是不希望你把她当作别人的替代品……"

后来陈希又说了什么，于浅宸完全没有听进去。

原来，他还是没认出她的模样。

记忆中的女孩，最终没有长大，活在了生命中最漂亮的年纪。

"我哥是不是掉厕所了？怎么这么久都不回来？我妈还非让我等他一起回家。"

黄昏时分，叶萧凌实在没有耐心再等下去，拉着楚艾钰去男厕所附近转了一圈，又踮着脚往里面望了望。她的举动着实吓坏了从厕所出来的人，也招来了很多白眼。

楚艾钰只觉尴尬，急忙拉着她离开这里。

"你一个女孩子怎么能往男厕所望呢？会被人当作变态的。"她实在摸不清叶萧凌的脑回路，如果想找于浅宸，在外面喊一下就好了啊。

"对不起嘛……"叶萧凌嘟囔着，不开心地踢着路边的小石子。

"好啦，我没有怪你，笑一下……"楚艾钰摸了摸她的头，安慰道，下一秒，却和迎面走来的人撞了个正着。

"微笑？"陈希先她一步打了声招呼，然后在楚艾钰转过身准备离开的前一秒，迅速拦在她面前说，"我能和你聊一下吗？就十分钟。"

陈希态度诚恳，楚艾钰勉强同意。

一旁的叶萧凌识趣地找了个理由，说她先去找于浅宸，等楚艾钰聊完之后再打电话会合。没等楚艾钰同意，叶萧凌就“嗖”的一声，跑没影了。

真是“笨队友”，楚艾钰嘟囔了一句，本来还想用她挡一下的，结果跑得比谁都快。

叶萧凌离开之后，陈希才开口：“微笑，我给你打过很多电话。”

“嗯，然后呢？”楚艾钰冷冷地看着他。

从她的表情里，陈希看到了厌恶。他叹了口气，从口袋里摸出一张银行卡递到她面前：“这张银行卡给你，密码 987123，我知道你一直在默默存钱，虽然里面的钱不多，但也是我的一点儿心意。”

听到这句话，楚艾钰的表情已经从愕然变成了愤怒。果真是一举一动都监控得很到位，就连自己小心翼翼存钱的事都被他挖了出来。

想必韩栋也知道了。

那么现在呢？他是想用这张银行卡试探她存钱的目的？还是抱着其他的阴谋？

“你收下吧。”陈希将银行卡塞到楚艾钰手里，“如果你把我当作朋友。”

朋友？朋友会两面三刀吗？楚艾钰冷笑一声，往后退了两步，将银行卡扔到他面前：“陈希，你太过分了！”

她闭上眼，深吸一口气，将之前从未说出口的话，全部说了出来：“抛开之前的种种，陈希，我想问你一个问题。”

“好，你说。”

“你……是不是应翰？”终究是说出来了，这么久的疑惑和顾虑就在此刻烟消云散。楚艾钰盯着陈希，似乎在期待着什么，又害怕着什么。

“应翰？”陈希皱了皱眉，“我从来没听说过这个名字。”

楚艾钰如释重负地笑了，她笑自己太傻，怎么能把韩栋的傀儡当作曾经温暖过她的少年。

“微笑，我想我们之间是不是有一些误会？”陈希走到她面前，眼里有些忧伤。

“误会？”楚艾钰的目光越发冷漠，“你难道不是韩栋派来监视我的傀儡？”

陈希怔了一下。他想要解释，却发现自己无法开口，只能默默地看着楚艾钰转身离开。

原来，她还是听见了啊。

回去的路上，眼泪终于无声地滑落，楚艾钰默默地蹲下来，将头深深地陷进膝盖里。

三两个路人从她身边经过，窃窃私语的声音传到楚艾钰耳朵里，让她越发难过。

“这么晚了，蹲在这儿哭，怎么回事啊？”

“别管了，现在的女生受一点儿挫折，就矫情得不行，我估计是考砸了……”

谈话声由远及近，还夹杂着看热闹的笑声，楚艾钰冷笑一声，直起身，瞪了对她指指点点的路人一眼，大步离开，将他们骂骂咧咧的话留在原地。

这段时间以来，她的生活依旧是枯燥乏味的三点一线。班级里曾经活跃的学生，虽然口口声声嚷嚷着高考不重要，大不了重来一年，但看到高考日期渐渐逼近，也都变了模样。他们再怎么心思散漫、插科打诨，墙上贴着的高考倒计时也会让他们安静下来，继续应付那些背不完的英语单词和烦琐的化学公式。

楚艾钰基础不好，虽然这段时间进步很大，但是要考进重点大学，还是要下一番功夫。

星禹高中的校长依旧沉浸在陈希带来的荣誉当中，每次的升国旗仪式上，都会提到陈希。高一新生没见过陈希，听得多了就产生好奇，楚艾钰经常会在路上听到他们的议论声。

“陈希学长以前是学生会会长呢。”

“是啊，陈希学长各方面都很优秀，人也特别随和。”

“不过，我听说他早恋过，女生好像和他一个班。”

“乱讲啦，陈希学长怎么会早恋……”

听到一些啼笑皆非的谣言，楚艾钰通常是付之一笑。看来，即便是优秀的人也离不开绯闻啊。

“你是韩微笑吧？”

突兀的声音响起，楚艾钰从放空的思绪中回过神，打量起面前略有几分眼熟的女生。

女生穿着时下流行的条纹针织衫，高高的马尾辫上点缀着樱桃发饰，白皙的皮肤吹弹可破。

眼前的女生有着姣好的面容，但楚艾钰还是能从她故意克制的表情里读出隐藏的怒气。

“我有话要和你说。”女生走到她面前。

仔细回忆了一遍，楚艾钰还是记不起自己在哪里见过她：“你认识我？”

“认不认识都不重要，你先跟我去个地方。”女生丝毫不给她拒绝的机会，说完这句话就强拉着她往公交站牌的方向走。

楚艾钰几次想甩开女生的手，无奈她的力气很大，挣扎了几下都没能成功：“你到底想干什么？”语气里已经有了怒气，然而女生并不想理她。

等了几分钟，公交车进站，女生拉着楚艾钰好不容易挤了上去。正值高峰期，公交车挤满了人，路也很堵，司机时快时慢的车速，让楚艾钰的胃翻江倒海起来。

一到站，楚艾钰就忍不住冲到路边干哕，女生瞪了她一眼，似乎在警告：别耍花样！

女生高傲得不可一世的眼神，突然让楚艾钰想起她的名字：“你是江半凡？”上次在学校门口见到的那个女生？可是，她不是和陈希考到同一所学校了吗？现在她应该在准备开学啊，怎么会出现在这里？而且，楚艾钰和她从未有过任何瓜葛，连招呼都没有打过。之所以知道她的名字，是因为她经常出现在陈希身边，班级里对陈希有好感的女生大声抱怨过。

江半凡没理她，只是紧紧地抓着她的手，把她拖进一条逼仄的巷子里。

从手腕处传来的力道，让楚艾钰痛得倒吸口气，她明显感觉到自己的右手发麻，似乎还有发青的迹象。

江半凡瘦瘦小小的，可她手劲儿大得简直不像是女孩子。

“你到底想干什么？”楚艾钰咬着牙，猛地甩开她的手，却不小心打在石墙上，从指骨传来的疼痛，顿时蔓延全身。她痛得说不出话，只能蹲在地上捂住双手，过了好久才缓和过来。

“江半凡……你……”楚艾钰刚想开口，却被不远处的一幕惊

得动弹不得。

不远处，陈希正在低头择菜，面前大大小小的红色塑料盆里放着待清洗的菜。

那里，应该是饭店的后门。

没等楚艾钰开口询问，江半凡重新拉起她的手走出巷子。

“其实，我们三天前就已经开学了，可他没去报到。”江半凡的语气有些忧伤。

“那又怎么样？”楚艾钰面无表情，心里却不知为何担忧起来，她隐约觉得，陈希没去报到的背后可能存有隐情。

江半凡看着她漠然的双眸，不由得胸口发胀。陈希的选择和她脱不了关系，可自己有求于她，只能克制心中的怒火，缓和了语气：“陈希家庭条件不好。”

楚艾钰冷笑一声。虽然陈希家庭条件不好，可是陈婶在韩家当差，工资肯定够用。再说了，韩栋不仅资助陈希，还给他和陈婶安排了住处，虽说条件一般，但起码不用付房租。

“我不知道你到底想说什么，没什么事，我先走了。”

楚艾钰急于离开这里，江半凡却伸出手拉住了她：“让我把话说完。”她低着头，睫毛覆盖住大片心事，楚艾钰犹豫了一下，还是止住了脚步。

两个人站在巷子口，汽车的鸣笛声不时响起，让人心情烦躁，江半凡沉默良久，才缓缓开口：“陈希的父亲在一次施工事故中去世了，陈婶又一直没有工作，生活的重担全部压在他身上。虽然后来，他接受了韩栋的资助，却不曾花过韩栋一分钱，就连陈婶的工资他都不动。因为他不开心，他一直想靠自己的双手改变这一切，而不是成为韩栋的傀儡，不时被媒体消费。”

眼睛有点儿酸，楚艾钰用力地揉了揉："所以？"

"所以他拒绝了韩栋的资助，也放弃了大好前途。他不想让外界认为自己是依靠韩栋，才能上大学。"江半凡的声音哽咽，"所以，他宁可毁了自己，也不愿活在韩栋的阴影里。"

一向顺从的陈希会做出这么叛逆又冲动的事？楚艾钰只觉荒唐，认定这是陈希自导自演，想要赢回自己信任的戏码："这些都是他和你说的？"

"你在怀疑什么？"江半凡情绪激动，"他现在这样，还有什么可怀疑的？"

她的脸涨得很红，突然拔高的声音让楚艾钰耳膜一震。

前几天开学时，江半凡特意去男生宿舍找陈希，结果从他室友口中得知，陈希并没报到。

她给陈希打了电话，问他是不是出什么事，可他只是淡淡地说自己在繁都还有些事情需要处理，迟几天再去报到。

临挂电话时，陈希特意叮嘱她，不要将这件事告诉别人。一开始，江半凡并没怀疑，可是过了两天，见陈希还没报到，她索性请了几天假回了繁都，缠了陈希好几天，他才坦白。

"我不打算上大学了。"从陈希口中听到这句话时，江半凡的心情根本无法用语言形容。

虽然陈希说出了理由，可她还是接受不了。他这么优秀，为什么要为一个不值当的人搭上自己的前途？

楚艾钰默默地听着，一言不发。

一瞬间，她好像找不到继续厌恶陈希的理由。也许陈希是被迫的，是韩栋强迫他监视自己的，韩栋擅长的，不就是用伪善来控制别人吗？

这么想着，楚艾钰对韩栋的恨又多了一分。

江半凡满脸泪痕，紧紧地握着她的手，气势弱了大半："韩微笑，你帮帮他好不好？他之前和你走得那么近，你肯定知道怎么做，是不是？"

她深吸了一口气，想要平复自己的情绪，可说出口的话还是带着难以掩饰的哭腔："他这么努力走到现在，不能就这样放弃。"

也许是喜欢吧，所以江半凡才会因为陈希放低姿态，才会为他的遭遇难过。楚艾钰轻叹出声，软下心来："好，我答应你。"

天色全部暗了下来，从星禹高中回来之后，陈希一刻没有停歇。眼前的菜下去大半，再有一会儿工夫，他就可以休息了。

巷子口的路灯亮了起来，将本来昏暗的街道照得如白昼一般明亮，再工作几天，他就可以拿到这个月的报酬，足以应对下个月的生活开支。

一开始，他去了一些小企业应聘，可对方听说他高中毕业，连面试的机会都没有给他。万般无奈下，他才会来这里当最基础的洗菜工。

不过，前几日，一家培训机构向他抛出了橄榄枝，对方虽然只给出四千块的工资，可对没有大学学历的他已经很不错了。

"小希。"

耳边传来再熟悉不过的声音，陈希怔了一下，弯腰的姿势持续了好久才缓缓抬头："妈……你怎么来了？"

陈芳的眼眶一下就红了，要不是微笑告诉她陈希根本没去报到，她可能还被蒙在鼓里："小希啊，这么多年，你没让我操过心，可这次，却把我的心伤透了。”

“妈，是我对不起你。”陈希克制住情绪，“不过你放心，我很快就能赚钱养家了。”声音不大，但他格外笃定，“我已经决定不再接受韩先生的资助了，不过您别担心，一家培训机构已经录用我了，给出的待遇也很……”

“啪——”

陈希的话未说完，一记响亮的耳光重重地落在他脸上。

在巷子口看到这一幕，江半凡想冲过去为陈希求情，但仔细想了一下又放弃了。

楚艾钰让她守在这里，不要冲动。如果知道楚艾钰说的办法就是把陈阿姨叫过来，她肯定不会同意。

这个办法真的能帮到陈希吗？江半凡不确定。

陈希低着头站在原地，离得太远，江半凡看不清他的表情。但她能从陈芳渐渐拔高的声音里感受到做母亲的心痛和无奈。

“咱家条件不好，妈妈连件像样的衣服都没给你买过。即使这样，你都没有一句抱怨，一直努力学习。现在，你竟然要牺牲自己的前途，连大学都不上了？妈妈知道你自尊心强，这么多年承受太多舆论的压力，你不想接受韩先生资助，没关系，但是不能毁了自己啊……怎么能犯糊涂呢？”

母亲的话让陈希心里很不是滋味，也让他想起曾经遗忘的片段。

刚上初二时，陈希报名参加了全国中学生高中组物理竞赛，还拿了二等奖。

这个消息直接引爆了他所在的初中，也因此引起了企业家韩栋的注意。

比赛结束后的第二天，班主任神秘兮兮地把他叫到办公室，说韩栋决定资助他，帮他顺利完成学业。下周的捐助仪式上，还会有很多记者参加，让他回去准备一下。

班主任隐晦地强调了几遍，让他回答记者时，立意一定要高，要感恩韩先生和学校。

陈希照着班主任的意思，认真地准备了一周。可是他没想到，举办捐助仪式的场地是学校的司令台。

在几百人的注视下，他突然有一种难以说清的难堪与不安。虽然家里一贫如洗，但他宁可趁着寒暑假自己打工赚钱，补贴家用，也不愿意申请贫困生助学金，更未向同学袒露自己的家境。他一直很努力地学习，并不是热爱，而是自尊心作祟，想要以此摆脱贫穷的命运。

不是有那么一句名言嘛，知识改变命运。摆在他面前的，也只有这一条路。所以，他不断告诉自己，只要熬过去，一点点修葺自己的城堡，把它变成铜墙铁壁，就不会有人看到城墙里那些残破的事实。

校长慷慨陈词，唾液飞溅。陈希安静地站在一旁，似乎可以看到他光秃秃的头顶闪着亮光。

发言结束后，校长毕恭毕敬地请韩栋上台，又用眼神示意他，让他出来迎接。

他惴惴不安地往前迈了两步，将整个人暴露在闪光灯下。握手、微笑、合影，一连串的动作一气呵成，却让他越发难堪。

“看镜头，对对对，笑一下。”

他机械地按照记者的要求摆着姿势，视线却始终停在那一沓厚厚的红色信封上，炙热的红让他的脸莫名滚烫，似乎再多看一眼，整个人都会烧起来。

韩栋将那一沓红色信封放到他手心，又语重心长地嘱咐他努力学习，语气和蔼，但视线却一直望着面前的摄像机，根本不看他。

轮到陈希发言，他刚想开口，一大堆麦克风直接将他逼到墙角。

“请谈谈你现在的感想。”

“我……”

“你会用这些钱做什么？”

“买一件新衣服给妈妈。”

“你想对资助你的韩先生说些什么呢？”

“非常……感谢……”

记者抛出的问题大同小异，校长在一旁不断提醒他如何回答。陈希皱着眉，强迫自己微笑着面对镜头，然后说出记者和校长都满意的答案。

第二天，相关的报道充斥了大街小巷，“贫困生”“资助”“韩栋”……类似的字眼铺天盖地而来，报道里，四分之三的篇幅都在夸赞韩栋，称他是繁都鼎鼎有名的慈善家，四分之一的篇幅则在描述陈希凄惨的家境。

在学校的宣传栏上，贴着各方媒体的报道，他们乐此不疲地对他进行评价，给他的人生打上标签。

这件事的热度持续了好几个星期，陆续有媒体采访陈希，报道他接受资助后的生活。

陈希觉得挺讽刺的。

这些媒体，不过是想用他的悲惨，衬托自己和韩栋的无私罢了。美其名曰关心他，却还是在他拒绝采访时，不厌其烦地打扰他的生活。

可是，一想到自己贫困的家庭，他又收回了自己一文不值的自尊心。韩栋需要的是媒体曝光率和商业投资，记者需要的是报道素材，而他需要的是钱，足够让他和妈妈过上好日子的钱。

这不过是一场各取所需的交易罢了。

后来，陈希已经能够一脸淡然地面对"贫困生"这个标签，同时付出加倍的努力，用成绩证明自己。

韩栋越来越欣赏他，偶尔会带着他参加一些高级宴会，想将他培养成自己的得力干将。

虽然陈希全盘接受韩栋的安排，摆出一副心安理得的样子，可是再如何伪装自己，他都还是一个不到十八岁的少年，没有任何过渡就直接接触到了商人的世界，看到了纸醉金迷下的金钱交易，只能一次又一次地忍受内心的煎熬。

有几次，陈希对这种场合表现出了反感，他鼓起勇气向韩栋表明自己的真实想法。

韩栋二话不说答应了他，却在第二天将他的母亲招入韩家当阿姨，又给他们提供了公寓。

陈希当然清楚，韩栋的举动只是为了更好地拉拢、控制他，是新的枷锁。他的立场一旦动摇，都会被韩栋拉回来。

久而久之，他放弃了挣扎，也逐渐忘记了自己的初心。

手机"叮"的一声打断了他的回忆，陈希回过神，才发现母亲已经离开很久了。

"小希，妈妈不希望你的才华就此埋没，你自己好好想想……"母亲留下的话，让他的脸重新烫了起来，刚才被打的地方火辣辣的，后知后觉的痛感蔓延全身。

陈希用手背在脸上随意地蹭了一下，将狼藉的地面收拾干净。刚准备离开时，手机又响了一声。他腾出手，刚打开手机，楚艾钰的消息就跳了出来。

陈希，我原谅你了。

江半凡把所有的事情都告诉我了，所以我原谅你了。

陈希用指腹轻轻地掠过这几句话，眼眶突然热了起来，这也许是被谅解的感觉吧。

微信对话框里，一直显示着“对方正在输入中”，陈希好奇楚艾钰会和自己说些什么，想要询问的一瞬间，好几个视频跳了出来。

他随手点开一个视频，里面是一张稚嫩的面孔，还没有来得及看清她的模样，就被声音吸引了注意。

“学长你好，我是星禹高中的新生陆瑶瑶。我很崇拜你，考上星禹高中就是想成为像学长这样的人，祝愿学长在大学里依旧如此优秀，fighting（奋斗）！”

视频中的女孩站在图书馆外面的阶梯上，昏黄的路灯打在她笑意盈盈的脸上，温暖了陈希的心。

下个视频里是一个秀气的男生。他有些害羞，声音带着些许的颤音：“陈希学长，我想问一下，个子不高能考上你的大学吗？”

……

这些视频里都是陌生的面孔，但他们眼里盛放着青春的光芒，令人羡慕。

陈希一个不落地看完，突然想起自己刚踏进高中校园时，也羡慕过自己的学长。

那时的自己，看着红榜上学长的名字，心底油然生起的敬意，也和视频里的他们一样吧。

视频终于看完了，陈希回了个笑脸，楚艾钰的信息随之跟来：在星禹学生的心目中，你就像一盏明灯。

明灯？这种作文体的安慰语也只有她能想到。陈希笑了笑，随手敲了一句：再亮的灯也会有熄灭的时候。

手机振动了一下，提示电量不足。自动关机的前一秒，楚艾钰及时回复过来：可是，只要灯芯还在，明灯一定会重新点亮。

第十章 她是一个怪物

十二月，繁都迎来了寒冬。

星禹高中的槐树早已掉光了树叶，暗黑色的枝干光秃秃地戳在操场上，很是萧条。

黑板上，班主任用红色粉笔大大咧咧地写着“距离高考还剩200天”，楚艾钰一抬眼就可以看到。

透过窗户，她还能看到不远处的教学楼上挂着的条幅。“奋战到底，星禹第一”“想想你的未来，想想你的父母，埋头要苦读”“只要提高一分，就能上升几百名”……类似的文字布满星禹校园的每个角落，让每个高三生的神经都紧绷起来。

平日热闹的课间，在同学们无形的默契下变得越来越安静，大家偶尔谈论的话题也逐渐从“星巴克出了新品”“高考结束后去哪儿玩”变成“物理试卷拿了几分”“这道题不该错”。

数学老师一开始占用体育课时还会找借口说“体育老师有事，不能上课”或者“体育老师生病了”，到后面连理由也懒得找了，直接说一句“这节课上数学”。

记笔记的速度越来越快，试卷做了一套又一套，高考带来的压力，让每个人对成绩格外重视。

二模成绩公布后，班级排名发生了翻天覆地的变化。一直位居倒数的差生突然成为黑马，杀进班级前十名。楚艾钰也是其中一员，正好是第十名。

她把这个好消息告诉了陈希，陈希很为她高兴，还跟她分享了大学校园的种种美好，听得楚艾钰越发向往。

说起来，陈希重回校园多多少少和她的努力有关，而且，她和陈希的关系也亲近了很多，也因此和江半凡成了朋友。

陈婶从韩家辞了职，在陈希的大学附近租了个店铺，陈希偶尔会去帮忙，他们的生活虽然还是清贫，但很幸福。韩栋并未对陈婶的离开发表意见，言语中都是淡淡的，反倒是林玥芬一直在挽留。但是陈婶的态度坚决，林玥芬也只好放弃。

短短两个月，楚艾钰的周围发生了很多变化，不过，最让她感到奇怪的是于浅宸。

她托着腮偷偷看了一眼于浅宸的数学试卷，果然，和之前几次一样，他的试卷上布满了红叉。

其中的一道大题，是易错题型，楚艾钰记得很早之前于浅宸还教过她，当时他扬扬自得地炫耀："这种题型我就是闭着眼睛都能做出来！"现在他怎么做错了？

楚艾钰虽然考得很好，却不敢表现得太开心，怕自己影响于浅宸，增加他的压力。

班里有两个同学因为承受不住高考压力，提前退学接受心理治疗去了。这段时间于浅宸的状态一直都不好，难道也像他们一样，得了高考焦虑症？

楚艾钰很担心。

于浅宸一直是班级第一，可这几次的考试中，他的名次从雷打不动的第一落到第四名，再到第十五名。他退步的速度很快，快到老师们都不敢相信。

班主任没少找他谈话，却没能找出他退步的原因。其实楚艾钰也想问问他到底怎么了，可是不知道该如何开口，也没找到合适的机会。

她总不能突兀地提起这次的成绩，然后问他怎么会退步得这么严重吧？

她拿起试卷，想要看看问题所在，眼角的余光却瞥见刚从门口走进来的于浅宸。她连忙将试卷放回原处，又将写有成绩的那一面朝下。

“二模的数学卷子发下来了，老师……让我们先对答案。”楚艾钰不自然地低着头，佯装在做题。

“嗯。”于浅宸面无表情地坐到她旁边，翻开试卷的一瞬间还是怔了一下。

他细微的错愕，没有逃过楚艾钰的眼睛。

楚艾钰干笑着转移于浅宸的注意力：“二模真的好难，我错了好多。”本想安慰他，却想不出什么高明的话。见于浅宸没有搭腔，怕他多想，连忙换了话题，“对了，项元把你的化学笔记还回来了，我放到你抽屉里了……”

又是一个轻到几乎听不见的“嗯”。

于浅宸盯着数学试卷出神，脸色阴沉得让人害怕。楚艾钰再也找不到别的话题，讪讪地低头，强迫自己专心做题。

除了发现于浅宸成绩下降，楚艾钰还发现他不怎么说话了，每次和他说话时，不是“嗯”“好”就是“知道了”“哦”，好像根本不想理她似的。

一开始，楚艾钰很生气，自己明明没有得罪他，可是于浅宸偏偏摆脸子给她看。就在她决定不和于浅宸说话时，班主任突然以前后桌四个人为一个单位成立了学习小组，楚艾钰、于浅宸还有前桌罗娜、赵韵是一组。每次上课，都会预留五分钟的小组沟通时间。这样一来，楚艾钰只能硬着头皮和于浅宸说话。

不过，大部分情况下，她还是会和罗娜沟通，实在碰到难以解决的题型才会找于浅宸。后来，叶萧凌告诉她，于浅宸每天回家都会看书到凌晨。这时，楚艾钰才怀疑他的反常可能因为压力太大。

可她一直有一个感觉，于浅宸的反常似乎与她有关。但她没有惹于浅宸啊？

唉，头疼。

做了两道题，兴致不高，楚艾钰下意识地瞥了于浅宸一眼。他正准备喝水，拿起杯子时才发现自己忘了接。

“我去接个热水，帮……”楚艾钰伸手想要将他的水杯拿走，话还没说完，就被于浅宸抢先一步。

“不用。”他拿起水杯，直接回绝。

罗娜拿着练习册偷偷转过身，压低声音问：“微笑，你们俩怎么了？”

楚艾钰又看了一眼站在饮水机旁接水的于浅宸，她虽然知道他们有了矛盾，但就是想不明白因为什么。明明新生开学的那天，他们还是好好的，他还穿着白熊玩偶逗她笑，可是突然间，他就换了模样，回到一开始和她见面的状态。

楚艾钰皱着眉头，百思不得其解，最后只能安慰自己：别想太多了，他也许真的是压力太大了呢。

午休时分，项元偷偷溜出教室买零食，没过多久就慌慌张张地冲回教室：“微笑，不好了，你快去看看宣传栏。”

罗娜正在午睡，冷不丁听到声音，直接清醒过来。她有些生气，瞪了项元一眼：“项元，你不能小点儿声吗？别人都午睡呢，微笑她不在教室，应该去厕所了。”

项元“哦”了一声，转头就往外走，直接和刚走进教室的于浅宸撞了个正着。项元二话不说，直接抓住他的衣袖，神情凝重：“你同桌出事了。”

于浅宸怔了一下，没有说话。

已有不少人被这句话吸引了注意力，一时间，班里热闹起来。离项元比较近的人，直接抓着他的衣袖询问：“出什么事了？”

“对啊对啊，快说给我们听听。”周围人起哄。

“当然是大事儿啊。”项元还未开口，李婷却抢先一步讥笑道，“韩家千金？呸！假冒伪劣的三无产品吧！”她请了半天假，刚到学校就看到宣传栏里的劲爆内容，抱着看好戏的态度，她想看同学们知道这件事的反应。

罗娜不悦地插话：“李婷，你就不能积点儿口德？大家都知道你和微笑不和，平白无故地造谣，不怕再被停课吗？”

李婷知道罗娜在说上次校长处罚她的事，面子有些挂不住：“你以为韩微笑真是韩家千金？好好看清楚,别瞎费工夫巴结冒牌货！”

“李婷在说什么？什么冒牌货？”

“微笑不是韩家千金吗？”

“哇，这么劲爆的吗？”

场面有些失控，几个好事的同学嚷嚷着“去看看”便急匆匆地跑出了教室。于浅宸是被项元拉出去的，走到宣传栏时，四周已经围满了人。

大家抱着看热闹的态度聚在宣传栏前指指点点，项元费了好大劲才拉着于浅宸挤到最前面，宣传栏上贴满了大大小小的照片，照片里那个胖乎乎的女孩或是托着双下巴卖萌，或是站在几个人之间比着剪刀手，或是抱着一只小土狗露出害羞的笑容……

“她是半年前韩家认下的干女儿，和韩家没有任何血缘关系。韩栋的亲生女儿叫韩萱然，早在一年前因病去世。”

陈希的声音再次响起，扰乱于浅宸的思绪，让他陷入进退两难的境地。

“这是谁的恶作剧，太过分了吧？”项元扯了扯身旁默不作声的于浅宸，“居然说韩微笑是韩家收留的冒牌千金，还找了这么丑的照片！”他觉得，以于浅宸的性格，此刻肯定会像漫画里的男主角毫不犹豫地护着女主角一样，粗暴地撕下宣传栏上的照片和文字，然后对着这群看客说：“我相信她。”

然而于浅宸并没有那样做，他无动于衷地站在原地，一脸平静。项元已经脑补了“英雄护美”的情节，见于浅宸迟迟没反应，忍不住强调了一遍：“真想知道是谁做的这件事！”

他认定于浅宸肯定会为她出头，这也是他非拉着于浅宸来现场的原因。而他胆子小，虽然不满别人欺负楚艾钰，却不敢为她出头。

宣传栏上除了照片，还贴着一张纸，上面详细地写着关于韩微笑的一切：这个女生是高三（5）班的韩微笑，真名叫楚艾钰，曾经就读于明远高中，声名狼藉，体重一百二十斤……父亲健在，母亲已故，她爱慕虚荣，为了成为韩家千金，竟然抛下了自己的亲生父亲，还改名换姓……

纸上的内容清楚明了，一字一句都有据可循，显然，策划这一切的人一定做了不少调查。

于浅宸不动声色地分析着，在看到“楚艾钰”这三个字时，皱了皱眉。虽然他知道了真相，也埋怨她隐瞒自己身份，可并不想让别人在大庭广众之下侮辱她。

于浅宸握紧拳头，刚想上前将所有的一切悉数揭下时，熟悉的身影冲了进来。

楚艾钰突兀地站在人群中央，紧咬着嘴唇，眼眶微红。她一动不动地站在宣传栏前，盯着上面的内容发呆，过了一会儿，双手开始颤抖起来。

项元紧张地扯了扯于浅宸的袖口："我们是不是应该上去帮忙？"虽然这么说，可他始终不敢站出来。他怕自己卷入舆论当中，被众人的唾沫淹死。

于浅宸没有理他，心却动摇了。他是想帮她的，可是双腿像灌了铅一样动弹不得。

见"当事人"终于出现，周围窃窃私语的声音逐渐大了起来。楚艾钰看着宣传栏上的照片，有些发蒙。这些照片是她前几天在机房上课时整理，上传到网盘里的，怎么出现在这里？

"微笑，这是不是假的？"

"这真的是你吗？"

"原来你叫楚艾钰啊？"

围观的人按捺不住好奇心不断发问，声音此起彼伏，渐渐刺耳。楚艾钰觉得现在的自己，像极了动物园里被关押的动物，被迫接受别人的指指点点。

真相赤裸裸地摆在众人面前，她无法否认，只能认命地从云端坠落到沼泽。

问题一个接一个地抛过来，楚艾钰不想回答，刚想离开这里，眼角的余光却瞥见角落里的文字。一瞬间，她觉得天旋地转。

父亲健在，母亲已故。

这几个字像一记重击，将她击垮。已故？爸爸不是说妈妈失踪了吗？怎么会已故？她无法相信，脑海里有一个声音在叫嚣：这不是真的，不是真的。

楚艾钰伸出冻得青紫的手，在众人诧异的目光下，颤抖地撕着宣传栏上的照片。整个过程中，她一句话都不说，拼命忍住流泪的冲动，心脏却剧烈地痛起来。妈妈真的离开了？连一句话都没有留下？她捂住胸口，不断地深呼吸。

楚艾钰，你不能哭，千万不能。

一些照片粘得很紧，她怎么都撕不下来，如同那些挥之不去的过往，深刻又固执地存在她的生命中，成为永不磨灭的烙印。

于浅宸看着她倔强的侧脸，迟迟没动。

当他回过神时，楚艾钰早已离开，周围看热闹的人也散了。项元扯了他一下："走吧，快上课了。"顿了一下，又接着说："于浅宸，我胆子小就算了，你怎么不去帮她呢？"

是啊，他应该去帮她的，却终究没能迈出那一步。

那天之后，楚艾钰好像人间蒸发，消失得无影无踪。

于浅宸偶尔会看着一旁空荡荡的位置出神，好像下一秒楚艾钰会重新笑容满面地走过来，坐到他旁边轻声抱怨："我没来的这几天，试卷又堆了这么多啊？"

但是她再也没有出现，连一点儿消息都没有。

偶尔罗娜会习惯性地转过头，发现后桌空空的，只好和于浅宸尴尬地对视一笑，装作什么事都没有发生地转回去。

班里对楚艾钰的嘲讽一天都没有停过，"爱慕虚荣""胖子""冒牌货"等难堪的字眼，赤裸裸地挂在黑板上，也不知道是谁做的。

这天上午，于浅宸刚走进教室，就听到同学们的窃笑声。果然，黑板上又出现了这些字眼。

他握紧拳头，冷漠地扫了周围一眼，径直走向讲台，拿起黑板擦将那些字擦得干干净净。动作很用力，粉笔末洋洋洒洒地落在他的身上，沉甸甸的。

李婷坐在座位上，说得正起劲。上次被处罚后，她一直敢怒不敢言，得知韩微笑并不是韩家千金，她心里的恨意越发强烈起来，下课后就喜欢奚落几句。相比之下，黎樰莉比李婷聪明一些，上次吃了亏，她不再逞口舌之快，所以李婷在嘲讽韩微笑时，她权当没听见。

“冒牌货是不是不敢来学校了？也不知道她是如何心安理得地当韩家千金的？真是丑人多作……”

“怪”字还没有说完，李婷直接被于浅宸拽着衣领拎起来，书桌上的课本、试卷也被他扫落在地。

“于……于浅宸，你干什么？”她有些慌张。

于浅宸没有说话，指了指黑板。

李婷明白过来，连忙摆手：“不是我，这黑板上的字真不是我写的……我发誓！”为了让于浅宸相信自己，她连忙举手发誓。

于浅宸姑且相信，但他实在想不出还有谁会对楚艾钰如此仇恨。黎樰莉？但她自从上次被学校处罚之后，安分了很多。

“就算不是你写的，但你还是管不住自己的嘴。如果你再生事，我肯定……”于浅宸紧紧地抓着李婷的衣领，威胁道，“照打不误。”

一旁的项元怕于浅宸真的做出格的事，急忙将他拉出教室。

李婷觉得面子挂不住，气不过又嘟囔了一句：“这么护着她，当时怎么不出来帮她说话啊？”

于浅宸已经走到教室门口，听到这句话回过头看了李婷一眼，吓得她直接躲到黎樰莉身后。直到于浅宸走出教室，她才松了一口气，低头看了一眼被他扯得皱巴巴的校服，不依不饶地骂道：“神经病啊，火气这么大！”

于浅宸心情烦闷，把项元撵走后一个人来到了操场。

忘记穿羽绒服，冷风一个劲儿地灌进来，冻得他直打哆嗦。操场上一些打篮球的学弟裹得像粽子一样。看到穿着校服外套的他仿佛发现了什么新鲜事，不时地张望。

于浅宸漫无目的地走着，心里乱得如杂草一般。不得不承认，李婷那句“当时怎么不出来帮她说话啊？”让他的心口结结实实地挨了一拳，痛到连话都说不出来。他也懊悔自己没去帮她。

这么想着，于浅宸越发愧疚。像是惩罚自己，又或许想将这些事情忘掉，他突然迈开双腿，逆着风在操场上跑了起来，一圈又一圈，豆大的汗珠甩在地面上，砸出一声闷响。

“你为什么没有站出来帮她说一句话？”脑海里的声音好似长了脚，紧紧地跟在他身后，无论他跑得多快，都甩不掉。

数不清跑了多少圈，于浅宸觉得自己双腿发胀使不上力气，一个不稳，直接跌倒在地。他大口大口地喘着粗气，索性直接躺下去。

渺远的天空中，丝丝缕缕的云朵若隐若现，清冷的日光打在他身上，带来一丝暖意。于浅宸盯着不断变幻的云朵，眼前浮现的却是一张带着梨窝的笑脸，他突然如释重负地笑出声。

从陈希口中得知真相后，于浅宸一直不知道该如何面对，所以，只好故意冷落她。

现在，他突然想通了。

是他认错人了啊，是自己先入为主，把她当成了记忆中的女孩。这是他的错，和她又有什么关系呢？

于浅宸站起来，动了动酸痛的双腿走出校门。

他给项元打了个电话，叮嘱项元万一老师问起来就说他去了医务室，然后打上车，准备去韩家和楚艾钰说句对不起。可是上了车又担心她不接受自己的道歉。

结果到了韩家，他直接被保安拦住，连大门都没有进去。

“你说韩小姐？她好几天没回家了，如果你知道她的消息，一定要告诉我。”得知于浅宸是韩微笑的同学，保安的眼睛亮起来，“太太这两天情绪很不稳定，已经病倒了。先生正在出差，不知道这件事，家里乱成一团，过几天你再来吧……”

韩微笑没回家，从那天她离开学校之后，韩家的保安就再也没有见过她。

于浅宸匆匆离开，然后给叶萧凌打了电话，问到了几个韩微笑曾经去过的地方，一个一个找过去：“你好，请问你有没有见过一个女生，个子这么高，很瘦的样子……”

天色渐晚，还是没有她任何消息。于浅宸站在人潮拥挤的世纪广场上，呆呆地望着广场中央起起落落的音乐喷泉，漫卷的水汽在他眼角氤氲开一层雾气，也让他的心渐渐潮湿起来。

离开韩家的这几天，为了找到爸爸，楚艾钰去了很多地方，可是都一无所获。她必须见到爸爸，然后从他口中求证妈妈“失踪”的真相。

“你爸啊，我前两天好像看到了，在一个酒馆里。”

昨天，她从之前的邻居口中得知，爸爸曾出现在一家名为“饮酒思”的酒馆里。楚艾钰在这家酒馆外守了整整两天，才看到爸爸的身影。她快步走进酒馆，然而在看到竹帘后面若隐若现的脸庞时，却哽咽得连一句话都说不出口。

爸爸老了很多，原先红润的脸如今沧桑得如同久旱的树皮，浑浊的双眼没了往日的色彩，眼眶深陷，颧骨冻得青紫，连嘴唇都冻得干裂出血。他将自己埋进黑色的棉大衣中，浑身散发着浓重的酒气。

楚艾钰冲过人群，来到他面前，抢过酒瓶："爸！"

手里落了空，楚傅伟抬眼一看，突然怔在原地。也许是觉得自己太过狼狈，他尴尬地别过脸，嘟囔着："小钰啊，你怎么来了？不是让你在韩家好好待着……"正说着，他打了个饱嗝，令人作呕的酒味扑面而来。

"爸，你不是说自己一切都好，怎么现在变成这样了？"楚艾钰声音颤抖。

自从她去了韩家，爸爸就主动和她断了联系，她发出去的短信全部石沉大海，没有回音。楚艾钰很担心，威胁他说，如果不跟自己联系，就离开韩家，爸爸这才回了消息。

他说自己一切都好，让她不要担心，为了不让韩栋发现，暂时不要见面。后来，每当楚艾钰联系他时，爸爸总说一切都好。楚艾钰没有多想，现在看来，也许爸爸很早之前就遭遇了挫折，成了现在这副样子。

难道妈妈真的去世了？

楚艾钰将酒瓶藏到身后，哽咽地问："爸，妈妈她在哪儿？"

楚傅伟的手顿了一下，默不作声。

"妈妈她是不是……"

"她会回来的。"楚傅伟打断女儿的话，喃喃自语，"她一定会回来的。"

他找了这么久，却还是没有妻子的任何消息，会不会真的……楚傅伟不敢多想，努力控制住自己的思绪。他还有女儿，他不能就此放弃。

楚艾钰坐到他对面，长久以来的隐忍，在这一刻化作无声的泪水："那你告诉我，妈妈到底在哪儿？"

她知道这个问题很愚蠢，如果爸爸知道答案，又怎么会在这里借酒消愁呢？可她还是问了，自欺欺人地希望奇迹发生。

楚傅伟给不出答案，眼神开始游离："她一定会回来的，一定会的……"

"小钰，你要留在韩家，你妈妈一定还活着，等着我们去找她……"楚傅伟突然握住她的手，前言不搭后语地叮嘱着，"一定是韩栋搞的鬼，你要待在韩家，盯紧他。"

釉质桌面泛着清冷白光，映出楚艾钰憔悴的脸庞。

这几天，她瘦了许多，脸色白得吓人，再加上刚刚那么一哭，她觉得自己随时都可能晕倒。

头有些痛，随之袭来的眩晕感让眼前的世界模糊起来。楚艾钰突然想起出院前，医生曾叮嘱她，让她不要激动，注意休息，否则病情容易复发。这么说来，她的眼睛根本没有痊愈，随时都有再度失明的危险。

她抓着桌角，努力掩饰自己的慌乱，待一切正常后，淡淡地和爸爸告别："爸，你照顾好自己，我回去了。"

说完，她头也不回地冲进泼墨一般的夜色中。

第十一章

灰色童话，悲伤的海豚

周五放学后，同学们早早离开了教室。

夏晚晚像往常一样坐在教室里，等最后一个人离开后才不紧不慢地往外走，走到教室门口时，又下意识地看了一眼那个空了好几天的位置。

她消失了好几天，应该躲在家里不敢来学校。就让她这样消失吧，挺好的。夏晚晚这么想着，嘴角勾起一丝冷笑。

走廊里安静下来，这样静谧的氛围渐渐平息了她心里最后一丝不安。不知道从什么时候开始，她开始喜欢一个人的世界，享受这种舒适的，还有些孤独的感觉。

她脚步很轻，走到楼梯口时，一眼就看见站在那里的于浅宸。

于浅宸没有听到脚步声，正百无聊赖地玩着手机。亚麻色的碎发遮住眼眸，让人辨不清他的表情，但那紧抿的双唇，还是显得他心事重重。

他不是半个小时前就离开教室了吗？怎么还在这里？夏晚晚按捺住自己的好奇心，故作淡定地走下台阶，经过于浅宸身边时，听到他喊了自己一声。

“夏晚晚。”

他的语气不善，夏晚晚的脚步顿了一下，回过头对上于浅宸的视线，慌忙低下头。她已经很久没和同学说过话了，一时间竟然不知道该如何开口。

她尴尬地绞着双手，小心翼翼地问：“你……还没有走啊？”

如果记得没错，这是于浅宸三年以来，第一次和她说话。夏晚晚有些激动，却也努力地掩饰情绪，生怕自己的反应令他反感。

于浅宸没有回答，直接从校服口袋里掏出一张揉皱的快递单，递到她面前。

夏晚晚突然紧张起来。

这张快递单，是三天前被她扔在垃圾桶的，为什么会躺在于浅宸手里？她想装作自己什么都不知道，可上面清晰可见的信息，还是让她说不出任何辩解的话。

快递单上有她在网上洗照片的记录，“夏风晚晚”是她的淘宝昵称，连同上面印着的电话号码，都是她无法否认的。

于浅宸眼里噙着一抹冷笑，将那张揉皱的快递单扔到夏晚晚脚下：“这些事都是你做的？对不对？”他看着一脸无辜的夏晚晚，对她仅存的那一点儿同情烟消云散。

那天晚上，于浅宸看得清清楚楚，夏晚晚欺负楚艾钰时，眼里有一闪即逝的痛快。再加上宣传栏上那些颇有心计的说辞，以及黑板上嘲讽楚艾钰的字眼，于浅宸真的不敢相信，这些事会是眼前这个平日里任人欺负的夏晚晚做的。

现在证据确凿，可她依旧摆出一副单纯无辜的可怜模样，于浅宸只觉厌恶，眼前的女生似乎比之前飞扬跋扈的黎槽莉更加可恶！

“……不是这样的。”夏晚晚略显忧伤的眼睛里浮上一层水雾，自知无法隐瞒。可于浅宸明明知道这一切，却偏偏吊着不说，非要等她亲自坦白，将所有的不堪暴露在阳光下。这不公平！

夏晚晚沉默良久，再开口时，直接转移了话题：“既然你知道了，那我也没什么好说的。我知道你想问我这么做的原因，我可以告诉你，不过，在这之前，我想确认一件事。”

于浅宸挑了挑眉，没有说话。

夏晚晚继续说：“那一次，你为什么要站出来帮我？”

帮她？于浅宸怔了一下，眼里闪过一丝困惑。

“我差点儿被污水砸中，而你替我挡下的那一次。”夏晚晚努力勾起他的回忆，但于浅宸似乎早就忘了，一直皱着眉。夏晚晚甚至怀疑于浅宸是否知道他们很早之前就是同学。

幼儿园、小学、高中，他一直与她同班，却跳过了她人生中最不堪的初中三年。他们好像认识很久了，但说过的话加起来还不到十句。

第一次和于浅宸说话，还是她刚上小学时。那时，班里要登记学生信息，于浅宸是班长，问了她的名字。

夏晚晚的妈妈生下她时，已经四十岁了，所以给她取名“晚晚”。父母老来得子，自然将她视若珍宝，尽管家里条件一般，还是尽全力给她最好的一切。夏晚晚虽然感恩，但不喜欢自己的名字。晚晚？好像她的人生永远比别人晚一点儿，差一步。

当她不情愿地告诉于浅宸自己的名字时，出乎意料地得到了夸奖。

“夏晚晚？还挺好听的。”

“挺好听”这三个字，让夏晚晚开心了一整天。于浅宸是第一个说她名字好听的人，第二个就是谢烨林。说起来很讽刺，这两个夸过她名字的人，最终都把她抛下了。

后来，夏晚晚整理照片时，又从幼儿园的毕业合照里看到了于浅宸。她这才知道，原来，他们早在幼儿园就是同学了。

在这之后，她和于浅宸不再有交集，这个少年如同一瞬即逝的烟火，在她的世界里短暂停留，绽放出最耀眼的光芒，然后又突然离开，连一句“再见”都没有留下。

再次遇见于浅宸，是在她转到星禹高中的第一天。

那时，她刚刚得知自己和黎槢莉同班，那个初中挥之不去的噩梦，再度笼上她的人生，让她重新陷入黑暗之中。她从新生报到处离开，走到教学楼时，四周突然热闹起来。有人叫了她，下一秒，她直接被一股力量推倒在地。膝盖和手肘都擦破了，夏晚晚直接哭出声。她抬起头，想看清始作俑者的模样，视线却在那一瞬间定格。

一堆不可名状的东西从空中倾泻而下，悉数砸在少年身上，空气里顿时弥漫着一股恶臭。不知道是谁在恶作剧，为了欺负她弄来了泔水，结果变成这样。她怔怔地看着浑身上下沾满污秽的少年，馊掉的汤汁顺着他的脸颊滑进衣领，味道让人作呕。

本以为少年会大发雷霆，可他只是淡淡地瞅了夏晚晚一眼，就径直离开了。

那是夏晚晚时隔三年之后再次见到于浅宸，记忆中的少年已经变了模样，却让她莫名心动。后来，她从别人口中得知，这个门门功课第一，擅长各类运动的少年早已成了老师们的得意门生。

这件事牵连了很多人，引起了校方的重视，校长在新生动员大会上点名批评了始作俑者，整顿了校风。自此之后，很少有人再用如此极端的方式明目张胆地欺负夏晚晚，她也因此度过了一段轻松的时光。

很可惜，这段记忆，现在只停留在她一个人的脑海里了。

“你猜得没错，这些事都是我做的。是我盗取了她的网盘账号，下载了照片拿去洗印，也是我从明远高中那里打探到她的消息，写的那些话。”夏晚晚理直气壮，“可是我没有冤枉她，我说的不都是事实吗？她自己也默认了啊。”

她想不明白，那个女生究竟有什么好？她不过是一个人人鄙弃的冒牌货而已，为什么于浅宸要站在她的立场上指责自己？为什么大家都喜欢她，不喜欢自己？

于浅宸倚着墙壁，棱角分明的侧脸越发冷峻。

“你这个坏人！”

突然冲出来的声音，中断了夏晚晚的思绪。叶萧凌躲在一旁听了好一会儿，墙面生生被她抓出几道痕迹。听到夏晚晚理直气壮的狡辩，她终于按捺不住，跳了出来。

叶萧凌双手叉腰，满脸怒气地指着夏晚晚：“夏晚晚，你到底有没有一点儿良心？要不是微笑姐帮你，你以为谢烨林的父母会和你道歉吗？上次你打了微笑姐,她都没和你计较,你居然恩将仇报！”

一口气把话说完，叶萧凌气得直跺脚，后悔没啐口唾沫在夏晚晚那张呆若木鸡的脸上。

叶萧凌的语速很快，可夏晚晚还是清晰地捕捉到了她话里的意思。难道是韩微笑让谢家夫妇和自己道歉，澄清事实的？

“没想到你的心眼这么坏，微笑姐到底哪里对不起你了，你要这么害她？”叶萧凌拧着眉，眼泪在眼眶中打转，“不知道微笑姐现在在哪儿，会不会挨饿受冻，万一被坏人抓走了可怎么办……”

韩微笑为什么……帮自己呢？她们又不是朋友。

而且，夏晚晚认定韩微笑对她藏有恨意。她没有把自己欺负她的事告诉校长，只是为了揪住她的把柄而已。

见夏晚晚连悔恨之意都没有，叶萧凌气得咬牙切齿：“微笑姐真是瞎了眼帮你！你害了一个还不够，还想再害人……”

叶萧凌突然意识到自己说的话有些过分，慌忙捂住嘴，但心里还是气不过。她想替韩微笑出头，撸了撸袖子就要揍夏晚晚。可她刚往前走了几步，就被于浅宸一把揪住书包，甩到一旁。

“哥！你干什么？你该不是袒护她吧？你要是敢护着她，我就不认你了……”叶萧凌愤愤不平地瞪着于浅宸。

于浅宸被她吵得头痛，揉了揉太阳穴，然后指了指她身后，示意她往后看。叶萧凌转过头，目光所及处，是一个熟悉的身影。

“微……微笑姐？”叶萧凌结巴起来，看着她一步步走近。

楚艾钰的脸上挂着浅浅的笑容，看着跑到她面前的叶萧凌，语气平静：“怎么还没有走？”

“微笑姐，你终于回来了。”叶萧凌紧紧抱住面前的人，撒娇道，“我都快担心死了，这么多天你到底去哪儿了？就算你不想见到我哥，也不能不见我啊！”

叶萧凌口无遮拦，楚艾钰下意识地看了于浅宸一眼，他好像在笑，笑容不太自然。

“对不起，让你们担心了，我没事。”

楚艾钰从头到尾都格外平静，让于浅宸有种难以言说的害怕。这么多天，她去了哪里？又是如何消化那一切的坏情绪，以这般从容不迫的样子回到学校？

夏晚晚始终低着头，没有说话。叶萧凌道出的事实，让她羞愧难当。她能找出无数个韩微笑伤害自己的原因，却找不到一个她帮助自己的理由。

在韩微笑即将消失在楼梯拐角的时候，夏晚晚终于鼓起了勇气：“我能和你聊聊吗？”

空荡荡的操场上风声猎猎，落日的余晖给周围的一切镀上了一层毛茸茸的金边。

夏晚晚看着身旁的韩微笑，心底的自卑不断蔓延。不知道为什么，这样云淡风轻的韩微笑，都能让她嫉妒得抓狂。冷静、淡然、毫不在意，在韩微笑的脸上，好像永远都找不到过多的情绪，仿佛周围发生的一切都与她无关。

夏晚晚突然找到了自己伤害她的理由。因为她这般毫不在乎、无所谓的态度像极了谢烨林。她和谢烨林一样，表面上谦和有礼，没有距离，但其实永远生活在自己的世界里，不把任何人当作朋友。

“你想说什么？谢谢？还是对不起？”楚艾钰不想和她纠缠，只想早点儿回韩家。

夏晚晚摇头：“都不是。其实，我很讨厌你。”凭什么她才转过来几天，就能被大家争相讨好？就能高高在上地对自己伸出援助之手？真的好不公平，大家怎么能因为她的家庭而亲近她呢？

所以她很讨厌韩微笑，有充分的理由讨厌韩微笑！

那天，她在操场上见到了穿着白熊人偶服的于浅宸。她等在厕所旁，想要在于浅宸出来时和他好好说几句话，却听到了陈希和于浅宸的谈话。当他们离开时，夏晚晚鬼鬼祟祟地跟在后面，然后便得知了韩微笑的真实身份。那一刻，她的心里突然冒出一个阴暗的想法：如果大家知道真相，还会这样喜欢她、围着她转吗？

楚艾钰淡淡地笑了笑。

其实，她一直都知道夏晚晚讨厌自己。在她拒绝自己的帮助时，楚艾钰就察觉到了这一点。当夏晚晚借着黎槿莉压迫她的借口重重推了她的时候，眼里对她的厌恶，再明显不过了。

楚艾钰之所以一而再、再而三选择原谅，是出于对夏晚晚的怜悯。毕竟她们两个人有过同样的经历，楚艾钰能理解夏晚晚被孤立的无助感。

天色渐渐暗了下来，楚艾钰回过神，一脸平静地看着夏晚晚：“我知道你讨厌我，但是你最讨厌的却是你自己。”

“难道不是吗？”楚艾钰反问道，“别忘了我也曾自卑过，所以能够理解你的感受。因为自卑，我会封闭自己的心，装作讨厌所有的人，这样才能不被别人伤害。说白了，我还是最讨厌自己的。”

夏晚晚呆呆地看着她，突然流出眼泪。

是啊，她还是最讨厌自己的。

她把对自己的讨厌，转移到楚艾钰身上，看到她痛苦，自己的心里才会好受一些，所以，身上的这副枷锁，从来都是她自己铸上的。她一直觉得是别人在她的面前布下阴影，让她变得如此黑暗，但其实所有的黑暗都来自她的内心。

叶萧凌拉着于浅宸全程躲在一旁偷听，可是风声很大，她一句话都没有听清。

她嘟嘟囔囔地埋怨夏晚晚找的地方不好，头顶突然传来熟悉的声音。

“听够了没？”楚艾钰抱着双臂，了然地看着叶萧凌。

“啊……微笑姐！”叶萧凌吓了一跳，做贼心虚地岔开话题，“你晚饭还没吃吧？我们一起去吧！”说着，又拉过一旁的于浅宸，“我哥都饿死了。”

叶萧凌用手肘顶了顶于浅宸，朝他使了个眼色，示意他配合自己：“哥，你不是说想请微笑姐吃饭吗？”

于浅宸瞪了她一眼，嘴里还是承认道：“嗯，一起吃饭吧。”

他的声音极轻，根本不敢看面前的人。

叶萧凌见于浅宸如此反常，话不过大脑：“哥，你怎么了？是不是害羞了？”

于浅宸真想找块抹布把她嘴巴堵住！他当然不是害羞，只是有些尴尬，他怕她介意自己对她的冷落，以及他先前不仗义的行为。

“不了，下次吧，我收拾一下东西就回去了，有点儿事。”楚艾钰干脆利落地拒绝，头也不回地往教室走。

她的确有事，好几天没回韩家，林玥芬在等她的解释。在外面的这几天，楚艾钰把积蓄花得差不多，经常饥一顿饱一顿，再加上睡眠不足，身体状况极差。

昨天回去后，林玥芬见她十分疲惫，忍着许多话没有问，刚才她出来时，又欲言又止地嘱咐她早点儿回家。

于浅宸以为楚艾钰还在介意之前的事，只好一路跟着她来到教室。

楚艾钰正在收拾书桌上的课本和试卷，书包被塞得满满的。于浅宸吓了一跳，直接一个箭步冲过去，夺过她手里的书。

楚艾钰皱了皱眉，不太明白他想干什么。

于浅宸紧紧抓着手里的英语辞典：“马上就要高考了，这会儿退学不好……”他一边说着一边将辞典背到身后，唯恐被她重新夺走。

楚艾钰“扑哧”一声笑出来：“谁说我要退学了？”

“那你这……”于浅宸指了指被她撑得鼓鼓的书包。

“我缺课这么久，总要抓紧时间补回来吧。”楚艾钰实在佩服于浅宸的脑洞，怎么会觉得她要退学呢？

于浅宸干笑起来，尴尬地抓了抓后脑勺。

叶萧凌走进教室，大大咧咧地往桌子上一坐，添油加醋道：“微笑姐，我哥只要面对你智商就是零，你不要介意哈……”说着，她像模像样地拍了拍于浅宸的肩：“哥，现在微笑姐回来了，你不用天天翘课找她了。”

“微笑姐，你不知道……”话刚说一半，叶萧凌直接被于浅宸捂着嘴连拖带拽地扔出教室。

“我先走了，明天见。”于浅宸背对着她摆了摆手，然后在楚艾钰诧异的目光里，踹了叶萧凌一脚。

叶萧凌这个聒噪狂啊，真是让人头痛。

韩微笑不是韩家亲生女儿的消息，顷刻间传遍繁都的大街小巷，俨然成为人们茶余饭后的谈资。更离谱的是，有人开始造谣韩微笑是韩栋的私生女，说得不堪入耳。

韩栋听到后勃然大怒，当即决定利用正在筹备的品牌发布会将不实的消息一并澄清。

发布会当天座无虚席，除了媒体记者之外，还有韩栋在生意场上的伙伴，比如于之行。

于之行和韩栋是同窗好友，也都是建筑系的高才生，毕业后各自闯出了一番事业。虽是同行也存在竞争，但他们两个人的感情很好，从未传出不和的流言。

“老韩，你太厉害了。”于之行刚进会场就和韩栋寒暄起来，“韩氏集团能在这么短的时间以‘健康品牌’的开发理念拿下文石区的开发案，真的厉害啊！”

“你也不错啊，业务蒸蒸日上。”韩栋揽过他的肩，语气里是难得的亲切。

“哪比得上你啊，都走国际市场了。听说你们正准备与美国 DL 公司进行全方位战略合作，提出了‘健康住区理念’？”

“是。韩氏集团打算在五年内，建造一个 WELL 健康建筑标准体系中国版，寻找适合中国人的健康住区。”

“你的战略思维可比我高了不是一点儿半点儿啊。”于之行竖起大拇指，毫不吝啬对韩栋的夸赞。于浅宸站在父亲身边，礼貌地向韩栋问好：“韩叔叔好。”

韩栋这才注意到站在于之行身旁的少年，不禁感慨：“是浅宸吧，都长这么高了？时间过得真快，看来我和你爸爸真是老了……”

于之行欣慰地拍了拍儿子的肩膀：“是啊，我们都老了。老韩，你儿子呢？没回来过吗？”

韩栋摆了摆手，有些不悦：“别提那个臭小子了，自从他出国后，一次都没和家里联系过，我看他是狠心要和我断了联系。”

发布会马上开始，韩栋又和于之行寒暄了几句，才匆匆离开。

韩栋离开后，于之行转而和其他朋友寒暄。于浅宸陪在父亲左右，实在没兴致听他们讲商场上的事情，于是找了个借口溜之大吉。

要不是听说韩微笑会来，他根本不想参加什么发布会。有这个时间，还不如宅在家里玩游戏。于浅宸绕着会场转了一圈，连她的影子都没看到。

七点一到，发布会准时开始。

“尊敬的各位来宾，大家晚上好……”

台上的主持人连句完整的开场白都没有说完，就被突然冲出来的中年男子抢过话筒。混乱中，话筒传来刺耳的噪声，引得众人齐齐皱眉。

中年男子裹着羽绒大衣，头发杂乱，挑高的细眉下绿豆大小的眼睛里似乎藏着愤怒。他的皮肤黝黑，细看上去还有一些细密的伤痕。

“我是韩氏集团的员工，在一次施工中受了伤，被迫停职。韩栋他昧着良心掩盖事实，不赔偿任何治疗费用，还让人恐吓我，不让我说出受伤的原因。其实，一切都是韩氏集团偷工减料，安全措施不到位……”中年男子战战兢兢地握着话筒，声音颤抖。

韩栋扫了周楠一眼，示意他赶紧处理。

周楠领着几名保安迅速冲上去，将男子拉下台。中年男子歇斯底里地吼着：“什么韩先生，他就是个伪君子，只会在你们面前骗取信任……”

尽管主持人试图用她幽默的语言掩盖这场突如其来的意外，场面还是一度陷入尴尬之中，台下有不少记者借故离席，想趁乱挖到一些爆炸性新闻。

韩栋在繁都的地位很高，媒体记者争相吹捧。久而久之，大众产生了审美疲劳。如果这时挖到他的负面新闻，肯定会赚很多流量。被誉为“繁都善人”的韩栋，背后其实是个唯利是图的小人。这样的话题多劲爆！记者们兵分两路，一路采访韩栋，一路去追刚才的中年男子。可是，保安有意无意地拦了一会儿，记者们追出去时，中年男子早就不见了踪影。

韩栋让周楠盯紧会场，千万不能再节外生枝，自己则周旋在记者之间，回答他们抛出的问题。

“韩先生，请问您对中年男子刚才说的话有什么看法？”

“韩先生，中年男子说的是真的吗？”

“韩氏集团不是一直对外宣称‘施工零事故’吗？”

……

问题大同小异，韩栋一直保持着微笑，心里却慌了起来。韩氏集团一向打着安全施工的旗号，在文石区开发案中也是以无一例施工事故占了优势。可中年男子言之凿凿，经媒体报道后，一定会给这次开发带来影响。

其实，在中年男子冲出来的一瞬间，以商人的直觉，韩栋认定这是一场商业阴谋，为的就是打压他的气焰。可是无凭无据，他不敢开口，只能暂时忍下来，查清楚之后再说。

他思考着要如何回答记者的提问，现场的灯光突然暗了下来，吸引了记者的注意。

“怎么回事？”韩栋得以脱身，却被毫无预兆的灯光变化搞得焦头烂额，只能压低声音命令周楠前去查看情况。周楠很快回来：“是韩小姐……”

话没有说完，一束幽光直接打在展台中央，躁动的人群安静下来，静静地望着台上那个穿着水蓝色长裙的少女。少女的裙摆随意地铺在纯白色地毯上，深深浅浅的条状花纹在幽幽的灯光下好似波浪。她轻轻地拉动琴弦，会场里响起如水般柔情的音乐。

柔柔的光线给她周身缠上了一层薄雾，也让她一颦一笑都带着柔情，惊艳众人。

有人压低声音说了一句：“她就是韩家那个冒牌千金？”

一个记者率先反应过来，推了推身旁看得入神的摄影师：“快，镜头。”

摄影师迅速将镜头打开对准台上。

楚艾钰一直都没忘记这首曲子，偶尔会在学校的琴房里偷偷练习，现在已经能熟练地演奏了。一开始，她看到台下这么多来宾还有些紧张，灯光暗下来之后，一眼望去都是黑压压的一片，根本看不清人，她才渐渐放松下来。

低沉的曲调缓慢缭绕耳际，那双操弄琴弦的手，在灯光的照射下白皙得几近透明。

于浅宸站在密密麻麻的人群中，呆呆地望着台上的少女。少女眼尾处翩翩起舞的紫色蝴蝶，在灯光下闪耀着光泽，也让她看起来妖媚动人。

“有人听过这首曲子吗？”一曲终了，楚艾钰扬起唇角，落落大方地发问。

来的嘉宾里大多是商业精英，他们虽然会听些音乐陶冶情操，但似乎没人听过这首曲子。

“既然没有人听过，那我就说一说这首曲子背后的故事吧，也算活跃一下气氛。”她笑容明亮，顷刻间成为人群中闪亮的发光体，于浅宸听到自己的心跳声，一下一下，格外清晰。

“蓝色的海域里，生活着一只忧伤的海豚，它出生后不幸和母亲走散。在寻找母亲的路上它遇到了危险受了重伤，当它以为自己再也见不到母亲时，一个好心人救了它。”

会场重新安静下来，大家屏息凝神，认真地聆听。

“可那个好心人是个无良商贩，他将海豚卖到了水族馆，赚了一大笔钱。小海豚伤痕累累，还从同伴口中得知，自己的母亲就是被无良商贩杀死的。”

说到这里，楚艾钰突然停住，没有继续说下去。

“这是个童话故事？”有人好奇，“结局是什么呢？”

楚艾钰笑了笑：“的确是童话故事，不过这个故事我还没有想到结局。我只是想借这首曲子表达小海豚对母亲的思念……”

其实，这个故事是她杜撰的，目的是想让记者们将无良商贩和韩栋联系在一起，可事情的发展出乎她的意料。不知是谁喊了一句：

“这不是韩家那个冒牌千金吗？”一瞬间，所有的闪光灯聚在她身上。

韩栋及时走了出来，站到记者面前：“大家少安毋躁，一会儿我会解答所有的问题，微笑她毕竟是个孩子，不要让她为难，拜托各位了。”

韩栋态度诚恳，媒体记者也觉得跟一个孩子过不去有失风度，直接转移了注意力：“韩先生，既然这样的话，能否谈一下您和这个孩子的关系？”

记者话中有话，韩栋自然明白这简简单单的一个问题，实则暗涛汹涌。

若是他说收养关系，那自然不妥，因为没有经过合理的收养手续。若是他说认了个干女儿，媒体自然要追根究底其中的原因，甚至大发联想这是他的私生女。再者这整件事，韩栋思来想去，都觉得是有心之人在背后推动，刻意诱导舆论。

“好的，请您少安毋躁，我也正想借此机会和大家做个说明。不过这一切都得等发布会结束后，咱们现在还是言归正传，回到我们今天发布会的主题上……”

韩栋沉稳的声音响起，但一直在跟记者们“打太极”。面对记者一个又一个辛辣的提问，韩栋从容不迫地说等发布会结束后，会一一认真回答他们的问题。记者深知这是韩栋的套路，也只能默默接受。

灯光一盏一盏地亮起来，会场重新安静下来，主持人丝毫不尴尬地侃侃而谈，好像刚才的事情根本没有发生过。“这小姑娘挺有趣，不过，老韩的亲女儿呢？”于之行坐在于浅宸身边，随口问了一句。

“韩叔叔的亲生女儿韩萱然早在一年前因病去世了。”于浅宸简明扼要地给出答案。本以为听到这个消息，父亲会特别惊讶，他却像早就了解一样，淡淡地点了点头。

其实，于之行能感觉到韩家出了变故，可韩栋瞒得一丝不漏，他不知道到底发生了什么。不过，韩栋的事，只要不影响他的利益，他都不在乎。

对他而言，事不关己便装作不知，利益永远是第一位。

没有母亲、无良商贩、伤害……所有状似无意的巧合，连接在一起，隐隐约约指向某个真相。于浅宸出神地想着，脑海里突然冒出一个恐怖的猜测：也许，这个童话只是楚艾钰为了映射真相所编造的，而故事里的无良商贩就是韩栋！

于浅宸被这个想法吓了一跳，不敢再想下去，决定等发布会结束后向楚艾钰求证。

两个小时过后，发布会总算结束。

早已好奇难耐的记者们，蜂拥而上，抛出早就准备好的问题，其中就包括“韩微笑与他的关系”以及“韩微笑是否是他的私生女”。

“各位知道我热衷慈善，会定期资助一些孩子，不过，都是以物质的形式，可真正的慈善，光提供物质上的帮助是不够的，你需要付出更多的爱心和耐心……相信大家也听到不少的谣言，有人说韩微笑是我的私生女，大家都很幽默……”说到这里，韩栋故作轻松地笑了下，“微笑的确是我的女儿，我的干女儿。绝非外界说的私生女，这点只要经过鉴定就可以证明。微笑这孩子吧，懂事可爱，我和我太太都很喜欢她，见到这孩子的第一眼就觉得投缘。她的父母因为某些原因不能陪伴在身边，为了给她帮助，弥补她缺失的爱，我和太太收留了她，并决定将她认作干女儿。因为怕她受欺负，也怕她会受到舆论影响，所以对这件事没有特别说明，导致社会各界产生误会。在这里我向大家致歉，没有及时澄清真相，造成了不好的社会影响。”韩栋起身，对着镜头深深鞠躬，态度虔诚得让人说不出话来。

“我的确有一个亲生女儿，她叫韩萱然。”他顿了一下，语气里带着哽咽，“不过，萱然早在一年前因病去世了。她从出生后身体就不好，经常住在医院里。外界虽然知道我有女儿，却从未见过她的模样。一来，我想让女儿好好治病；二来，我不想因为自己的事给大家增添烦恼。后来，我们遇到了微笑，能够多出这么一个好女儿，是我们的福气……”

韩栋以一个父亲的姿态，口口声声为她着想，不仅赚足了众人的眼泪，还将慈善企业的形象树立得更加高大。

真不愧是一个老谋深算的商人！楚艾钰紧抿着嘴唇，看着韩栋在危机之中反败为胜、名利双收。

采访结束后，于浅宸好不容易从拥挤的人群中脱身。他刚想上前和韩微笑打声招呼，结果她已经换好衣服，转身从侧门离开。于浅宸跟在她身后，看着她脚步匆忙地往监控室的方向走。

监控室在会场二层，楚艾钰走到门口时，一个有些秃顶的保安直接走了进去。

她偷偷地扒着窗户往里望，保安正舒服地坐在椅子上，百无聊赖地玩着手机。

她想调出中年男子在会场上闹事的视频录像，从中找到一些线索。

发生这件事时，楚艾钰正在后台准备，根本没来得及看清全过程。

不过，她看到了会场上韩栋欲盖弥彰的表现，觉得这件事里一定大有玄机。

在韩家待了这么久，她一无所获，现在眼睛又有复发的危险，她不能再等下去了。

韩栋行事谨慎，又善于伪装，在没有确凿证据和百分百的把握下，楚艾钰一直没有轻举妄动。现在，大好的机会摆在她面前，这起工程事故，也许会成为扳倒韩栋的切入点，然后，她会利用媒体的力量逼迫韩栋说出游艇失事的真相。

可楚艾钰又有些发愁，她不知道自己要怎么才能拿到监控视频，又不被起疑。

正当她一筹莫展时，于浅宸突然从她身后冒出来，正色道："我有办法，看我的。"

在她诧异的眼神中，于浅宸用手机软件叫了份外卖。不一会儿，外卖小哥的电话就打了过来，于浅宸匆匆下楼，回来的时候手里端着一份比萨。

"我现在没心情陪你吃比萨。"楚艾钰瞪他一眼。

于浅宸摆了摆手："不是你想的那样。"然后直接端着比萨走进了监控室，也不知道他说了什么，过了一会儿，保安大哥笑嘻嘻地端着比萨走了出来。

"快点儿！"于浅宸从监控室探出头。

楚艾钰快步跑进监控室，狐疑地看着于浅宸："你怎么支开他的？"

"他见过我，知道我是于之行的儿子。我爸和韩栋的关系那么好，我说韩栋送来一份比萨犒劳他，他当然不会起疑。"

楚艾钰来不及错愕，于浅宸已经调出了监控录像。

“你看。”于浅宸指了指屏幕。

她凑过去，看到黑白画面中一个身穿黑色棉袄的中年男人正站在会场门口鬼鬼祟祟地巴望。

不多时，男人趁着人多的时候溜了进去。于浅宸快进了一下，切换到中年男人被保安们从后门架着出来的画面。他不住地挣扎，情绪暴躁，嘴里不停地喊着什么。几个扛着摄像机的记者被保安结结实实地挡在会场里面，只能探着头朝外面张望。

其他几个角度的监控视频，也捕捉到大叔被保安强行带走的画面。

没有韩栋的指示，保安们怎么会强行带走会场上的人。如果韩栋心里没鬼，又怎么会赶走他，还拦住记者不让调查呢？

楚艾钰还想再寻找线索，监控室外却传来了脚步声。

于浅宸担心露馅，让她去会场外面的长椅上等他，自己等保安大哥回来之后再去跟她会合。

楚艾钰前脚刚走，保安后脚打着饱嗝进来。看到于浅宸替他守着监控，他连连表示感谢，于浅宸敷衍两句，急忙从保安大哥浓浓的饱嗝中逃开。

赶去约定地点后，于浅宸发现韩微笑根本不在那里，打电话过去，才知道她已经走到了附近的万方广场，又照着定位找了过去。

到了万方广场，于浅宸看到韩微笑正躲在角落里和一个陌生男人说话，神秘兮兮的。走近一看才发现，那个人正是刚才在监控视频里看到的大叔。

他不是被赶走了吗？怎么会在这里？

“我没钱没势，哪里斗得过韩栋，可我实在是咽不下这口气。

韩栋他欺负我就算了，还去威胁我家人……”大叔一把鼻涕一把泪地控诉。

不知为什么，于浅宸总觉得这个中年大叔的控诉中掺杂了一些主观因素，好像……在演戏！犹豫了几秒，于浅宸走到他面前，伸出手打了声招呼：“您好！”

大叔怔了一下，伸出手回应：“你好，你也是实习记者？”

于浅宸与韩微笑对视了一眼，回答道：“是的。”

大叔这才放松下来，继续控诉：“正好，多一个人多一份力量。你们帮我把韩栋的这些恶事报道出来，给大家看看他到底多么恶劣！”他言语激烈，可翻来覆去也就那么几句话。

他说自己叫任方刚，是韩氏集团的建筑工人，韩氏集团安全措施不到位，导致他在施工现场发生了意外，养了大半年才痊愈。在他的描述里，韩栋不仅没有慰问他，还私下派人威胁、警告，不让他把这件事说出去。

大叔絮絮叨叨地控诉，最后又向他们爆料了韩氏集团内部一些非法集资、贪污腐败和不正当竞争的黑幕。

大致了解事情经过之后，于浅宸拿出手机按下录音键，装作很认真地解释：“不好意思啊，我们实习记者还没有配备专业的设备，只能先用手机记录，回去后再整理成文字发布，您不要介意啊。”

“不介意，不介意，记者同志你有什么问题就问吧，只要能把韩栋的丑事公之于众，我肯定配合你们的采访。”

“那……建筑的施工流程一般有哪些呢？我想知道韩栋会在哪个环节偷工减料。”

“这个……很复杂的，一时半会也没办法跟你说清。”

于浅宸点了点头，又接着问：“您在韩氏集团担任的具体职务是什么呢？”

任方刚顿了一下。似乎没有料到他会这么问，好半晌才回答：“油漆工。”

一个油漆工，居然连集团内部的机密都了解得一清二楚，未免有些天方夜谭了。于浅宸在心里冷笑，脸上依旧是认真倾听的模样：“那您应该很辛苦吧？每天都要与油漆、粉尘打交道，还要遭受不公平的对待。”

“是啊！韩栋为了节省成本，使用的油漆都是最廉价的那一种，根本都不达标……”

这次“采访”持续了半个小时，结束后，于浅宸又被任方刚拉着聊了许久才脱身。离开时，任方刚依旧喋喋不休地重复着，让他们一定要将韩栋的丑陋行径揭发出来。

等他走远后，于浅宸说出自己的想法：“任方刚的话不太可信。”

楚艾钰皱了皱眉：“怎么了？”

于浅宸头头是道地分析：“他虽然言之凿凿，却拿不出任何实质性的证据，甚至连住院记录、验伤报告都没有。他说自己是建筑工人，我询问建筑流程时他根本回答不上来。后来又说自己是油漆工，可他双手没有厚茧，指甲也很长，根本不可能从事这份工作。长期接触油漆的工人，双手都会干裂，就算是戴着手套，也不可能像他保养得这么好，连一点儿油漆都不沾。就算他真的是油漆工，怎么可能接触到韩式集团的内部运作？又怎么知道韩栋非法集资、不正当竞争？”

被恨意冲昏头脑的楚艾钰一点儿也没有怀疑任方刚的话，一直在为终于抓住韩栋的漏洞而窃喜。此刻听完于浅宸有理有据的分析，她整个人都垮了下来。如果任方刚说的都是谎言，那她又失去一个可以扳倒韩栋的机会了。

一瞬间，她突然冒出一个想法：假装自己没听到于浅宸的话，直接将这些事情爆料给记者，让记者处理。

可是这样不分青红皂白，跟颠倒是非的韩栋又有什么区别呢？

“喂！”于浅宸晃了晃她的肩，“发什么呆啊，我都喊了你好几遍了。”

楚艾钰回过神：“啊？怎么了？”

“任方刚那件事很可能是商人之间的恶意竞争，我觉得应该是别人用他来诬陷韩栋的。”

“嗯，我知道了。”

楚艾钰明显有些失落，于浅宸犹豫着是否要将自己的疑问说出口。

见他欲言又止的样子，楚艾钰叹了口气：“你想说什么就说吧，我没事。”

“嗯……”于浅宸顿了一下，“你讲的故事里，那个无良商贩，指的是韩栋吗？”于浅宸能够确认她对韩栋有着敌意，不然也不会揪着中年男人不放，现在她所做的一切，都是为了找到蛛丝马迹报复韩栋。

从那次他们坐在操场上吃蛋糕开始，于浅宸就觉得她的心里一直藏着一个秘密，一个不愿意和任何人分享的秘密。彼此靠近之后，他才感觉到这个秘密的沉重，也发现一贯云淡风轻的韩微笑心事并不比他少。

他觉得彼此的性格很像，都有各自的软肋，也都封闭了内心。

楚艾钰沉默良久，心却突突乱跳起来。她突然觉得自己忽略了一个重要的问题。于浅宸怎么会出现在她身边，还帮她调取监控？又配合她在任方刚面前演戏？

他一定猜到了她想做什么。

可楚艾钰不清楚自己是否该相信他，将所有的事情告诉他。

于浅宸知道她的顾虑，很真诚地说：“如果你愿意告诉我，我一定会保守秘密，与你共同承担。”

其实，他对真相没有多大兴趣，他只是担心她被人利用。

这个任方刚实在是太可疑了，就好像是暗中盯上了韩微笑，刻意和她说的这些话。说不定这后面还有一个更大的阴谋，也许有人想借她的手除掉韩栋！

于浅宸有些后怕，如果他没有出现，韩微笑也许会冲动地搭上自己，那么事情也就再无转圜的余地了。

“我可以帮你的。”于浅宸握住她的手，“相信我。”

一瞬间，楚艾钰整个人都放松下来，“相信我”这三个字好像有一种魔力，让她突然间有了依靠。

“好，我把一切都告诉你。”这一刻，楚艾钰决定把内心积压许久的秘密全都告诉于浅宸。

她愿意相信他。

第十二章

凉薄的真相

将一切告诉于浅宸之后，楚艾钰心里痛快很多。这些日子以来所有的隐忍在这一刻得到了释放。

于浅宸什么都没说，只是告诉她再忍耐一段时间，等他们真正掌握了韩栋的罪证之后再出击。

楚艾钰听取了他的意见，答应在没有找到确凿证据之前不会轻举妄动。

然而第二天，关于发布会出现的“插曲”直接引爆了新闻热搜榜。不多时，又有知情人士爆料出韩氏集团不正当竞争的劲爆内幕。热搜榜上都是与韩栋有关的消息，一眼望去，都是对韩栋以及韩氏集团的指控。

不少市民被舆论带着走，聚在韩氏集团门口拉横幅闹事，“欺骗市民感情”“伪善”“不良商贩，拖欠工程款”“使用剧毒建筑材料，伤害员工性命”……大大小小的指控，甚嚣尘上。

事情发酵到不可收拾的地步，“键盘侠”一阵愤慨，一时间，网上铺天盖地的都是对韩栋的谩骂。

检察院接到群众举报，按照程序到韩氏集团进行调查，韩栋也被一并带走。

韩栋被带走之前叮嘱周楠，让他封锁消息，不让林玥芬知道。楚艾钰配合周楠，谎称韩栋临时出差，还好林玥芬没有起疑。相安无事几天后，形势愈演愈烈，市民们情绪过激，先是有人寄恐吓信，再到楚艾钰被同学们孤立。

一时间，韩家成为众矢之的，遭受各种排挤。

照这样发展下去，纸是包不住火的，楚艾钰担心林玥芬迟早知道这件事，和周楠商量之后，决定将林玥芬骗出国几个月，等国内的事情处理好再说。

林玥芬有个在国外留学的儿子，从出国到现在一直没回来过，楚艾钰以此为由劝她去看看。

禁不住楚艾钰的软磨硬泡，再加上林玥芬是真的想儿子了，所以才答应了出国。

没想到第二天她收拾好行李刚出门，就被蜂拥而至的记者死死地堵在了门口。

“到底出了什么事？”林玥芬关上门，看着窗外密密麻麻的记者，心里发慌。

楚艾钰回答不上来，也没了主意。

报警的话会将事情闹大，乱上添乱，现在韩家正处于风口浪尖，能息事宁人最好。楚艾钰想了想，只好让周楠联系保安把这些记者带走，不动声色地平息这场风波。

“你们为什么不说话？”林玥芬看向周楠：“周楠，老韩什么时候回来？”

周楠面不改色地回答：“这次的项目比较大，韩先生还要好几天才能回来。”

这样的说辞，林玥芬已然不信：“如果你们不告诉我实情，我只能去问那些记者了。”说着，就朝门外走去。

周楠拦在她面前，自知无法隐瞒只好坦白：“有人恶意诽谤韩先生，先生他正在接受调查。太太您别担心，事情很快会解决的。”

“诽谤？调查？到底因为什么？”林玥芬激动起来。

“说是非法集资……”

林玥芬闻言，急火攻心，当即昏了过去。

楚艾钰吓了一跳，急忙冲过去扶住林玥芬快要倒下的身子。她害怕林玥芬受不了打击旧疾复发，心里满是懊悔。虽然现在的局面不是自己造成的，她却有一种负罪感，不敢面对林玥芬。

慌乱间，一名记者不知道从哪儿闯进来，举着相机四处张望。

“出去！”周楠厉声呵斥，“你这是私闯民宅知道吗？”

“不要说得那么严重，我就问韩太太几个问题，问完就走。”记者讨好地笑着。

“请你出去！”周楠态度强硬，做出“请”的动作。

楚艾钰趁机搀扶着林玥芬上了楼，紧闭房门。没过几分钟，楼下闹哄哄的一片，楚艾钰担心周楠和记者起了争执被记者抓住把柄，急忙跑下楼。

楼下的门四敞大开，周楠正和一名记者扭打在一起，地上还有一部摔得四分五裂的相机。记者们都冲了进来，聚在一旁七嘴八舌地议论，闪光灯“咔咔”作响。

这样的画面要是被传出去，恐怕又会加深人们对韩栋的反感。

楚艾钰喊了几声，想要止住混乱，声音却淹没在七嘴八舌的议论声中。她只好走下楼，费力挤入人群之中，拉住又要动手的周楠：“周叔叔，别打了。”

本以为会减缓态势，可她一插手，直接把自己推入泥潭里。不知是谁冒出来一句“她就是韩微笑”，众人直接将注意力转移到她身上，将她围起来。

熟悉的场景再度上演，一些记者认定韩栋会倒下，也有人从未打消对楚艾钰是韩栋私生女的猜测，都想从楚艾钰这里挖出一些蛛丝马迹。

“请问韩栋真的不是你的亲生父亲吗？”

“韩栋平时对你怎么样？”

“对于现在关于韩栋是无良商家的新闻，你作何感想？”

七八个镜头对准她，楚艾钰一时间慌了神。如果她说“韩栋私下里对我很不好”，一定能将他进一步推入深渊。如果再将当年的游艇事故爆料出来……

无数个念头在脑海里纠缠着，楚艾钰往楼上看了看，想到昏迷不醒的林玥芬，最终还是放弃了落井下石的阴暗想法。

凭良心说，韩栋对她并不坏，虽然不像他在发布会上说得那么好，但也没有为难过她。纵然她恨韩栋，也不能采取不正当手段。

“有人说韩栋是因为自己女儿离世，所以找你作为替身……”

问题尖锐起来，楚艾钰有些透不过气，连连退步。正当她手足无措之际，突然在人群中看到了熟悉的身影，慌乱的心也随之安定下来。

这几天，于之行一直在外地出差，今天早上刚下飞机才得知韩家出了事，又匆匆带着于浅宸赶往韩家。到了之后才发现事情的发展远比他们想象中恶劣，一堆记者将韩微笑逼至墙角，周楠也受了伤，场面已然无法控制。

楚艾钰蜷缩在角落里战战兢兢，而那些记者依旧不放过她，接连抛出问题。于浅宸心急如焚，可记者把地方堵死了，他根本找不到机会挤进去。

照这样下去，她没准会受伤。于浅宸顾不了太多，粗暴地拽开面前的记者，冲到她身边：“你没事吧？”

对于于浅宸的出现，楚艾钰很意外，虽然浑身酸痛，可她还是摇摇头回答道：“没事。”

于之行也被失控的局面吓了一跳，急忙朝身后的保安下令：“你们快去帮忙，愣着干什么？”

保安们这才反应过来，木讷地点了点头，冲上去拽开记者。记者们被一股莫名的力量掀翻在地，怒气冲冲地想要讨个说法，结果就看到站在一旁的于之行。他们像嗅到新鲜八卦似的，拍了拍屁股，将注意力转移到于之行身上。

“于先生，外界都说您和韩栋是多年好友，韩栋做的这些事，您是否知情呢？”

“您此次来韩家的目的，方便透露一下吗？”

得了空隙，楚艾钰好不容易脱身，和于浅宸经过于之行身边时，听到他正在回答记者们提出的问题。

“我相信老韩，他绝不会做出违法乱纪的事！大家不要胡乱猜测，扰乱别人的正常生活。公道自在人心，有关部门一定会还老韩公道。我恳请大家不要因为这件事波及更多的人……”

落地窗上映出于之行弯腰鞠躬的场景，那样诚恳的表情让人为之动容。

“你想什么呢？”于浅宸挥了挥手。她不会是被那些记者的“攻势”吓坏了吧？

楚艾钰摇了摇头：“没什么，你怎么来了？”

“我爸知道韩家出了事，决定过来看看，我就跟他一起过来了。你放心，我爸会帮忙处理这些事的。”

“帮忙？”

“嗯。”于浅宸不敢告诉她父亲准备找关系保释韩栋，不动声色地转移了话题，“反正你就别想太多了，一切交给我爸处理。”

他轻轻拍了拍韩微笑的肩膀，安抚她的情绪。

楚艾钰知道于浅宸在避重就轻地敷衍她，生气地甩开他的手：“难道于叔叔想要包庇韩栋？”如果是这样，那么好不容易等到的机会，又会与她擦肩而过了。

于浅宸理解她的心情，耐心安慰：“你答应过我的，不会被仇恨蒙蔽眼睛。我知道你恨他，但是现在我们没有证据证明造成游艇意外的凶手就是韩栋。这里面的疑点太多了，如果韩栋有罪，法律一定不会放过他。”

如果无罪呢？那是不是说明她一开始的方向就错了？那她要怎么找到凶手，为妈妈报仇？该怎么做……

楚艾钰缓缓地蹲下身，任由眼泪肆意地流下。

今天是十一月二十九日，距游艇发生意外整整过了一年。而这一切仿佛昨天才发生过一样，在她心里扎根，最后长成参天大树。她经常会梦到自己被冰冷的海水吞噬，醒来后，后背会被冷汗打湿。为了还原事情真相，为母亲报仇，楚艾钰一直咬牙坚持着，忍受着煎熬。可线索断了又断，渐渐抽光她所有的力气。

空气中充满了令人窒息的压抑感，楚艾钰不愿久待，避开记者出了门。于浅宸怕她出现意外，默默地跟在她身后。

虽是正午，可气温依旧很低，楚艾钰走在石子路上看着那些枯掉的花，心里越发寒冷。

韩栋花了大价钱雇人打理这些花花草草，可自从他出事之后，大家都懒散起来，任由长势旺盛的花草自生自灭。

她的心情本来就很低落，此刻看到这种景象心里更加不舒服，刚准备离开，就被身后的声音绊住了脚步。

不远处的凉亭里，一对陌生男女正在聊着天。楚艾钰听觉一向灵敏，即使隔得有点儿远，还是将二人的对话听得一清二楚。

“看来又拿不到什么新闻了，今天公众号头条要写什么呢，总不能又写那些陈词滥调吧？”男人在抱怨。

“唉，没有办法，回去等着被主编骂吧。”女人叹了口气。

这两个人应该是记者，正在为没拿到什么劲爆新闻而发愁。楚艾钰觉得无趣，正想走开，又听到男人阴阳怪调的声音：“志杉妹妹，你不是还有一个重磅新闻没报道吗？不如拿这个交差吧？我可不想被主编骂。”

“少套近乎，我不可能用这个交差的。”女人往男人的脸上吐了一层烟圈。

男人被女人的举动刺激到了，言语激烈起来：“别自命清高了，叫你一声妹妹是抬举你，别以为我不知道你是怎么爬到今天的这个位置的。”

“我呸！你要不要脸？你不就是想套路我，拿到新闻升职吗？我偏不让你如愿。”女人啐了一口唾沫。

“你……你给我等着！”男人气急败坏地骂了一句，转身离开。

女人站在原地望着男人的背影一脸愤慨：“渣男！当初追我的时候就惦记着我的新闻，现在还想踩着我升职，哪有这个道理……”

志杉？汪志杉！楚艾钰的脑海里飞快闪过这个名字，可汪志杉怎么是个女人？

于浅宸发觉她的神色有些不对劲：“怎么了？有什么问题吗？”

“汪志杉。”楚艾钰没有回答，非常笃定地叫出这个名字。女人下意识地回头，在看到楚艾钰和于浅宸时明显怔了一下。

原来汪志杉真的是个女人！难怪楚艾钰一直没能查到她的下落。谁能想到这个名字对应的是一个温柔如水的女人呢？

汪志杉站在原地，眯着眼睛打量了一下眼前的女孩：“你找我有事？”

楚艾钰走到她面前，认真地看着她的眼睛回答："我可以和你聊一聊吗？去年十一月二十九日。"

汪志杉倏地掐灭手中的烟头，浑身戒备地看着她："你问这个干什么？"

时间紧迫，楚艾钰不想绕弯子："因为那次游艇意外对我很重要，请你告诉我，你所知道的一切。"

汪志杉依旧戒备地看着她，似乎在猜测她问这件事的目的。

眼前的女生就是韩家那位假千金，原名叫楚艾钰。这样看来，也许她的背后还存在一些鲜为人知的故事。

见对方没有回应，楚艾钰接着说："你是因为报道了这件事被辞退的吧？然后忍气吞声地一直没有出现，一直到韩栋出事之后才来调查。你这样不也是为了查个明白吗？"

被一个小姑娘猜中心思，汪志杉多少有点儿意外。

"我们一起把真相调查清楚，你能得到你想要的，我也能得到我的公道。"

公道？汪志杉怔了一下。

见她如此执着，汪志杉思忖片刻，略有犹豫："你真的想知道？万一为你招惹祸端怎么办？"她这么担心不是没有道理的，因为她就是因为这件事招惹了是非。

犹记得那天，她正准备发布这个新闻，邮箱里就收到了一封恐吓信，与此同时，领导也打来电话叮嘱她将新闻撤掉。

一年前的她，心高气傲，不理解领导的做法。明明游艇发生意外是社会热点，内容也是百姓需要的，更何况这条报道是她熬了一个通宵的成果。她有些生气，没理会那封恐吓信和领导的叮嘱直接发布了新闻。

可是，刚过了一秒，后台被人登录，新闻也被删除。第二天她就被领导找了个借口开除了。

不用多想，都能感受到其中的暗涛汹涌，像楚艾钰这种不经世事、年纪轻轻的女孩，怎么能承受得起？

“请你告诉我！拜托了！”楚艾钰目光坚毅，毕恭毕敬地朝她鞠了一躬。

如果不能将游艇发生意外公之于众，让韩栋受到惩罚，她怎么对得起妈妈呢？

汪志杉是性情中人，见到楚艾钰如此诚恳，鼻子一下子酸了。而且那个幕后黑手让她白白丢了饭碗，她肯定也是要讨个公道的。邪不压正，就算对方三头六臂，也总能找出软肋吧？

她点点头，环顾四周，确定“安全”之后这才沉声道：“游艇事故并不是意外，是有人精心设计的。当时我为了求证，还特意去调查过，搜集了一些资料和宾客名单。我怀疑凶手的目的是谋杀，而他的目标就是游艇上的某一个人。”

说到这儿，汪志杉顿了一下，“现在证据不在我身上，如果你相信我的话，三天之后我们在繁都图书馆见面，我再把证据带给你。”她从包里拿出一张名片，递给楚艾钰，“这是我的名片，上面有我的电话，随时联系。”

楚艾钰本来还想追问几句，远远看到于之行走过来，只好打住话题，将那张写着“新视传媒公司编辑汪志杉”的名片扔进口袋。

“你是哪个报社的记者？”于之行走到她面前，友好地伸出手。

“我是新视传媒公司的编辑，不是记者。”汪志杉笑了笑，伸手回握。

于之行露出和蔼的笑容：“难怪看着眼生。你有什么问题问我就好，可不要欺负人家小姑娘啊。”

虽然是警告的话，但用轻松的语气说出来，倒也不会尴尬。

“哪能啊？我怎么会欺负这个小妹妹。”汪志杉笑了笑，随后看了一眼时间，“不好意思啊，于总，我还有事，就先走了。”

楚艾钰目送她远去的背影，紧紧地抓着口袋里的名片，暗暗下了决心。

“微笑，你别担心，叔叔会尽力帮助你们渡过难关的。你和玥芬先来我们家暂住几天吧，等风波过去之后再回来，反正你和小宸、萧凌都认识，怎么样？”于之行认真建议。

“我……”

于浅宸也在一旁劝说：“先住我们家吧。要是再发生这种情况，你和林阿姨怎么办？”

楚艾钰的确有这个顾虑，万一那群记者卷土重来，她真的无法招架。

想到林玥芬的安危，她最终同意了于之行的提议：“那麻烦于叔叔了，等林妈妈身体恢复之后，我们就搬过去。”

三天后，林玥芬的身体得以恢复，于之行派司机将她们接到家里，然后又出门处理韩栋的事情。安顿好之后，林玥芬有些劳累，直接去了卧室休息。楚艾钰和她说了一声，就与于浅宸一同来到了繁都图书馆，然而等了一下午，汪志杉都没有现身，手机也一直处于无人接听的状态。

可以肯定，他们被放鸽子了。

“你相信汪志杉的话？”于浅宸百无聊赖地翻着一本漫画书。

楚艾钰望着图书馆入口处，点了点头。

其实也不能说是相信，只是汪志杉是她目前唯一的希望了，她只能选择相信。难道连这唯一的希望都要破灭了？

于浅宸叹了口气，拎起书包朝她招了招手：“走吧。”

楚艾钰不愿离开，还想再等等。

“我们在这里干等也不是办法啊，直接去她公司问问吧。”于浅宸耸耸肩。

对啊，她怎么没想到呢？楚艾钰赶紧拿起书包，跟在于浅宸身后走出图书馆。他们按照名片上的地址找到了汪志杉所在的公司，可依旧没看到人。

“你找志杉啊？她可能在外面跑新闻吧，早上还看到她来着……她这人经常这样，工作的时候手机都静音，或许没听到。”一个胖乎乎的职员热情地说。

楚艾钰不想就此放弃，又拉着于浅宸在她公司门口等了一个多小时。直到员工都下班了，汪志杉还是没有出现。

“走吧，不要等了，她肯定不会来了。”于浅宸扯了扯她的衣袖。

“好吧。”楚艾钰也觉得没有等下去的必要，只好悻悻而归。

回到于家时，楚艾钰看到韩栋正从一辆银灰色的轿车上走下来。

是于之行接他回来的。

才过了几天，韩栋就瘦了一大圈，眼眶深深地凹陷着，早就没了往日意气风发的模样。

林玥芬神情憔悴，但还是强撑着身体和叶垣君一同准备了饭菜，为韩栋接风洗尘。

饭桌上和和美美，韩栋虽然很疲惫，但心情好了很多，话也多了起来。

“老于啊，这次多亏了你，要是没有你，我可就冤死了。”韩栋喝了些酒，眼神迷离。

于之行也有了醉意，拍着韩栋的肩不住地安慰：“一家人不说两家话，你是我兄弟，你有难我怎么能袖手旁观呢？这段日子先住我这里，等一切都处理好了，再回去吧。”

“好。”韩栋倒了满满的一杯酒，眼眶有些湿润。

楚艾钰心情沉郁，筷子一下都没动。于浅宸坐在她旁边，一直用小动作示意她开心一点儿，可她实在开心不起来。

晚饭一直持续到十点钟，韩栋早已喝得不省人事，于之行也喝得迷迷糊糊，回卧室休息了。

楚艾钰躺在床上，久久不能入睡。

不知过了多久，当她终于有了一丝睡意时，由远及近的鸣笛声让她一下子清醒过来。她赤着脚跳下床，趴在窗台上怔怔地看了好一会儿。

警车驶进大门，停在院子里，从车上下来三名警察，直接走进来将韩栋带走。

整个过程，一气呵成。

楚艾钰不知道发生了什么事，急忙披了一件单薄的白色毛衣走出卧室。

风从敞开的大门迎面吹来，冻得她打了个冷战。

“刚才来了很多警察……”于浅宸顶着两个硕大的黑眼圈，“韩叔叔被带走了，我爸和林阿姨也跟着一起去了警察局。”

“因为什么？”

“涉嫌谋杀。”

楚艾钰咽了咽口水，语气却出奇地冷静：“谋杀？”

“对，汪志杉死了。”于浅宸一字一顿地说。

汪志杉死了？楚艾钰忍不住头皮一麻。

这也太凑巧了吧，汪志杉才向她说出一些线索就遭遇不测。真的是韩栋动的手？可是他才出来几个小时，怎么会冲动地杀人呢？难道是怕汪志杉揭发自己丑陋的面目？

楚艾钰百思不得其解，总觉得这件事没有想象中那么简单。于浅宸也觉得奇怪，决定先把事情打听清楚之后，再想对策。

两天后，于浅宸打探到更为详细的情况。

汪志杉有个闺蜜梁雪成，当天晚上，梁雪成约了汪志杉看电影，可是左等右等都不见汪志杉出现，电话也不通。

汪志杉是个极为守信用的人，从来都不会无故爽约。梁雪成联系不上人，直接赶到汪志杉家里。

门没有锁，她推门进去时，一眼看见汪志杉倒在地上，旁边还有不少血渍，梁雪成吓得立即报了警。

警察十分钟赶到现场，进行勘查之后，断定汪志杉死亡时间在夜里的十二点到一点之间，而且是被谋杀，一刀毙命。凶器就是厨房里的水果刀。

匪夷所思的是，警察在搜查房间时，在卧室里发现了一面墙，上面贴满了游艇事故的报道和韩栋的资料。他们还在屋内的一个物件上检测出了韩栋的指纹，也在监控视频里发现了韩栋的身影。

梁雪成的口供里提到了汪志杉辞职的事：“志杉被辞职时，心情很不好，和我聊了很多。我不止一次听她说起过这件事，她说自己是要找出什么真相，还说到游艇事故，我知道她一直在暗中收集韩栋的资料。”

人证物证俱在，韩栋百口莫辩。

陈希得知韩栋被捕入狱的消息时已经是一个半月之后。此前陈希被学校派往上海参加数学竞赛,进行了为期四十天的封闭式训练，陈婶担心会影响他比赛，一直忍着没将韩家的消息告诉他。直到比赛结束，陈希得知所有事情经过，赶忙将学校的事情交接好，请假赶回了繁都。

随着这起谋杀案，当年的游艇意外也被一并曝光，楚艾钰在汪志杉整理的死亡名单上看到了妈妈的名字。

可活要见人、死要见尸，既然警察还没有找到妈妈的尸体，楚艾钰就不会放弃最后一丝希望。用冷冰冰的几个字，抹杀一个人的存在，不可能!

“微笑，你要面对现实，阿姨真的不在了。”陈希心痛地说。

几个月不见，她瘦了很多，脸上一点儿血色都没有，整个人如行尸走肉一般，好像一阵风就能将她吹倒。

“不，也许还活着呢？也许只是受了点儿伤……”楚艾钰红着眼眶，猛地抓住陈希的手，“妈妈她一定还活着，对不对？”

陈希劝了几次都没有效果，担心她这样自欺欺人下去，会和林玥芬一样得上抑郁症，所以，即使再残忍，也必须把真相告诉她。

“我带你去个地方。”

一路上，楚艾钰的心情就如同这辆颠簸的汽车，起伏不定。车窗外的景色不断变化，一开始还能见到零星的树木和行人，到最后一个人都看不到了。她不时地看向身旁的陈希，见他面色越发深沉，心里隐约有了猜测。

一座灰白色调，垒在层层青灰色的石级之上的建筑群出现在视野中。

不知是因为天气阴沉，还是建筑群的色调太过压抑，即使隔着百米的距离，楚艾钰都能感觉到迎面而来的窒息感。这种感觉锋利得如同刀子，卡在她的喉咙里，让她痛到崩溃。

没有下过雨，但青灰色的台阶上还是氤氲着一层湿气，她走了几步，又回头看了看身后的路，突然知道这是个什么地方。

这里是殡仪馆。

楚艾钰没说话，转过身亦步亦趋地跟在陈希身后走进馆内，默然地听他和别人沟通。

“师傅您好，我们是曾珈女士的亲属， 能让我们进去看一下吗？”

“在这里登记一下，进去之后不要乱动，出来之后把钥匙交给我就行了……”

殡仪馆内格外冷寂，只能听到陈希的脚步声。

到了五楼，陈希推开一间房门走了进去。楚艾钰木然地跟在他身后，看到他在一排方方正正、巴掌大小的玻璃窗前站定。

“这些都是韩先……”意识到称呼有些不妥，陈希急忙改口，“韩栋让人安置的……”

说到这里，陈希有点儿心虚，因为这个“人”就是他自己。

早在陈希遇到楚艾钰之前，就遵照韩栋的命令安置了这个可怜的女人。

韩栋对他很信任，经常会让他代办一些私密的事情。后来，他偶然得知了女人的身份，但碍于韩栋的管控，也担心楚艾钰得知这件事后会闹出事情，才一直隐瞒着真相。

“阿姨在天之灵一定希望你能好好地、幸福快乐地活下去，你不要太难过了……”

陈希觉得自己笨嘴拙舌，不知道如何解释才会让她心里好受一些。可楚艾钰仿佛没有听见他的话，只是定定地看着眼前巴掌大小的玻璃窗发呆，不知道在想些什么。

她走近了一些，把脸轻轻地贴在玻璃窗上，喃喃自语：“您总嫌家里的房子太小，住在这里的话，应该很不习惯吧？”

“都怪我不好，没能早点儿来看您。不过您放心，警察正在调查韩栋，他一定会得到应有的惩罚！”楚艾钰抬起头，隔着玻璃窗抚摸着妈妈的名字，眼泪无声地滑落，也暗暗下定了决心。

回去的路上，于浅宸打来了电话：“微笑，判决出来了。”

昏黄的日光洒在颠簸的公交车里，晃得她的眼睛痛了起来。前排的大妈粗暴地打着电话，音量几乎要盖过全车人的声音。

“微笑？你在听吗？”于浅宸又问了一遍。

“嗯。”

车内滞闷的空气，大妈聒噪的声音，令她忍不住推开窗户。冬日的风夹杂着些许寒意扑面而来，让楚艾钰整个人打了个冷战，一下子清醒过来。

“一审判决是无期徒刑。”

无期徒刑？楚艾钰的心沉了下来。难道不应该是死刑吗？妈妈现在躺在冷冰冰的殡仪馆里，而韩栋只被判了无期徒刑？这不公平！

“微笑？你听得到吗？”于浅宸久久没有等到回复，有些担心，

“你现在在哪里？我去找你。”

“嗯，听到了。”楚艾钰吸了吸鼻子，声音听起来不太真切，“我在车上，回去再和你说。”

于浅宸沉默了两秒，然后回了一句“好”。

挂了电话之后，楚艾钰的心情久久不能平静，正准备将这个消息告诉陈希，手机又振动起来。

刚接通电话，那头就传来周楠焦急的声音：“韩小姐，太太她被送到医院了。”

“什么？”楚艾钰吓了一跳，突然拔高的声音引得周围人频频侧目。陈希猜到是韩家出了事，整个人紧张起来。

“太太得知韩先生被判了无期徒刑一时间想不开服了安眠药，现在正在洗胃……”

乍一听这件事，楚艾钰整个人都崩溃了。她刚刚遭受妈妈去世的打击，现在林玥芬又出了事……

“林妈妈现在在哪家医院？”

“安和医院，抢救室。”

来不及思考太多，楚艾钰央求司机停车，下了车之后直接和陈希打车赶往安和医院。

一路上，楚艾钰一直在祈祷，希望林玥芬安然无恙。陈希一直默默地陪在她身边，给她无声的安慰。

到了医院之后楚艾钰得知林玥芬已经转危为安，各项体征良好，只是整个人垮了下来。

听周楠说，他们被放出来之后，于之行就一直在为韩栋的事情奔波，结果还是没能改变什么。谋杀案证据确凿，韩栋被判了无期徒刑，林玥芬听到这个消息之后抑郁症复发，服用了大量的安眠药。

楚艾钰去看了她，可是林玥芬什么人都不想见，没有办法，她只好放弃。

离开医院时，楚艾钰有些心神不宁，不知道为什么，她总觉得有一股力量在牵扯着她，让她迈不出脚步。

犹豫了一会儿，楚艾钰决定返回医院。她谎称自己有东西落在医院，让周楠和陈希先去停车场开车，找到之后再和他们会合。

回医院的路仿佛特别漫长，虽然只有几百米，可她觉得走了一个世纪。到了住院部，她还没走近就看到林玥芬病房外面鬼鬼祟祟的人影。看背影，应该是个女人。

女人穿着高跟鞋和深灰色的羊毛大衣，精致的打扮让人一眼就能看出她身份高贵。

她是林妈妈的朋友?

楚艾钰走了过去，犹豫着开口："您好，请问您找谁？"

女人明显怔了一下，然后在楚艾钰还没反应过来时转身离开。女人奇怪的行为引起楚艾钰的注意，她急忙追了上去抓住女人的手："阿姨，您是来看我妈妈的吗？"慌乱之中，她脱口而出，说出口的那一瞬间连她自己都愣了一下。

在韩家时，楚艾钰一直避免和林玥芬说话，因为她总能从林玥芬的身上看到妈妈的影子。过了一段时间，她打心里接受了林玥芬，对她不再抵触，会叫她"林妈妈"。她没有想到，有一天，自己能随口叫出"妈妈"这个词。可能在她心里，早就将林玥芬当成第二个妈妈了吧。

说出这句话之后，楚艾钰明显感觉到女人在发抖。她下意识地松开手，怔怔地看着眼前这个陌生的女人。

"我应该能想到有这一天的，再次见到你。"女人顿了一下，"可是没想到会是今天这个场合……”

楚艾钰的脑海一片空白，不知道她到底想说什么，直到女人将遮住她一大半脸的墨镜摘下……

虽然脸瘦了一圈，眉目也精致了很多，可楚艾钰还是能辨认出女人的模样。

她是曾珈，是自己早已“去世”的妈妈！

—— 本季完 ——

白茶篇：凰命难违②

木棉篇：倾世医妃①

世子妃攻略①
芙蓉篇：
折纸戏
鸢尾篇：
一品书女
海棠篇：

《凤九卿》《千凰令》《二两皇妃千千岁》

知名古风作家元宝儿　倾力打造重磅古风传奇

《二两皇妃千千岁》套系

续集姊妹篇大系列终于来了！凤凰涅槃，“紫”气东来！看侯门弃女慕紫苏携“弃子军团”搅动风云！“凤九卿”的遗物再现江湖，能否助残疾皇子摆脱厄运，找回昔日荣耀？

《千凰令》套系

凤九卿的孩子们的精彩故事——号令百兽的江州小孤女，碰上霸道深情的年轻帝王，上演浪漫的宫廷之恋！集甜宠、浪漫、励志于一身的萌兽古风爱情故事，尽在《千凰令》！

《凤九卿》套系

凤九卿，一个惊才绝艳、美貌无双的少女，利用梦境中的见识，扭转原本悲伤的结局。睿智霸气的轩辕容锦、刚愎自用的太子一一出现，一场斗争掀开，凤九卿在漩涡中越陷越深……《凤九卿》——女中诸葛与腹黑帝王恩怨纠葛、生死对弈！